investment ｜ 金融投资理财

U0125350

掘金重组股

散户稳定赢利交易法

彭友 | 著

中信出版社

北京

图书在版编目（CIP）数据

掘金重组股：散户稳定赢利交易法/彭友著.—北京：中信出版社，2012.1
ISBN 978-7-5086-3155-4

I. 掘… II. 彭… III. 股票交易－基本知识 IV. F830.91

中国版本图书馆 CIP 数据核字（2011）248096 号

掘金重组股——散户稳定赢利交易法
JUEJIN CHONGZUGU

著　　者：彭　友
策划推广：中信出版社（China CITIC Press）　　蓝狮子财经出版中心
出版发行：中信出版集团股份有限公司 (北京市朝阳区惠新东街甲 4 号富盛大厦 2 座　邮编　100029)
　　　　　　（CITIC Publishing Group）
承 印 者：北京京师印务有限公司
开　　本：787mm×1092mm　1/16　　**印　张**：12.5　　**字　数**：109 千字
版　　次：2012 年 1 月第 1 版　　　　　　**印　次**：2012 年 1 月第 1 次印刷
书　　号：ISBN 978-7-5086-3155-4 / F · 2529
定　　价：32.00 元

目 录

第八章　获利了结的时机

第九章　暂停上市股战法

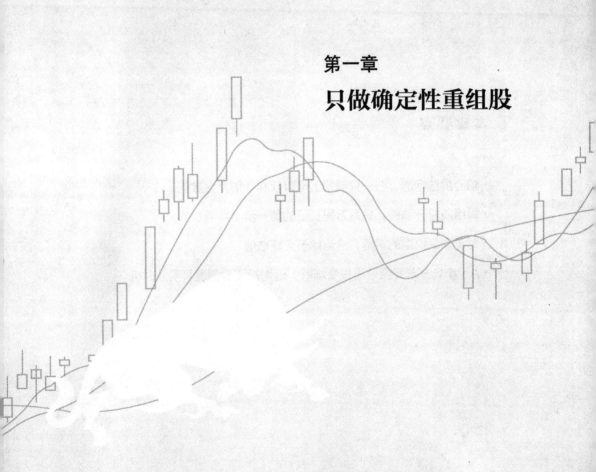

第一章

只做确定性重组股

本章要点

- 精心挑选标的，在一只股票上可以获利 1 倍乃至数倍

- 重组股打开涨停，只是万里长征的第一步

- 对于彻底重组的股票，应当给予全新估值

- A股市场并非完全价值投资场所，这为投资者创造了买入时机

走出打听内幕的迷局

手中持有的股票"乌鸦变凤凰"，大概是所有投资者的梦想，但A股市场上的股票有2 000多只，能够在茫茫股海中捡到珍珠的幸运儿却是少之又少。

但如果采取另一种投资方式，只做确定性重组股，在稳健之余，也将获得极为可观的收益。

只做确定性重组股，是本书要着重阐释的投资方式。以往的众多案例一再证明，**按照一定的条件精心挑选标的，在一只股票上获得1倍乃至数倍的利润，是大概率事件。**

所谓确定性重组股，是指已经披露了重组方案，公司未来的发展路径已经明晰的股票。这样的股票，在复牌之初，往往伴随着连续的无量涨停，一般的资金基本上买不进去，但涨到一定程度后（通常是1倍），前期埋伏进去的资金开始获利了结，从而打开涨停板开始震荡，甚至是伴随着一定幅度的回调。就在大多数人哀叹自己又无缘一只牛股之际，有心的投资者却能清醒地意识到，此时并不是终点，仅仅是万里长征的第一步，未来之路将更为绚烂和激动人心。

与确定性重组股不同的是，市场上还存在很多似是而非的重组股，即有一些重组的苗头，或是符合某些重组的条件，但还没有进行重组的股票。

股票投资者往往会有这样的经历：某个朋友，甚至是拥有"可靠渠道"的朋友，神秘兮兮地说，某只股票将于某个时间点停牌，将注入非常热门的资产，股价会迅速翻番，一些很有实力的大佬已经埋伏进去了。于是，自己头脑一热，把所有资金一股脑儿全杀了进去，然后兴冲冲地做着发财的美梦。不料，左等右等，消息源说的时间早已经过了，可是股票却迟迟没有停牌，更要命的是，股价不涨反跌，结果自己的资金被套牢了。该股到底还会不会重组？股价走低是主力在洗盘，还是知道重组没戏后出逃？自己心里没底，消息源也支支吾吾说不清楚。时间被浪费，资金被套牢，自己的命运被绑在一个虚无缥缈的传闻之上，走也不是，等也不是，最终的结局往往还是以割肉走人收场。至于该股重组的消息，十之八九是没有下文的。

中国股民的数量庞大，但大多数人都只是业余炒股，并未掌握多少专业知识，也没有一套行之有效的操作理念和方法，只是热衷于到处打听内幕消息，幻想抓住一只停牌重组股。这种投资者即使偶尔运气好抓住一只重组股，也并不能证明其能力，其往往会在以后的时间里把赚来的钱再亏回去。这也是市场上所说的投资者"七亏二平一赚"的原因。

投资是一件很私人的事情。因为每个投资者的思维方式、操作方式都不同，即使理念相近，也不可能取得相同的收益。此外，投资是赚是赔，最终结果都要投资者自己来承受，如何进行操作，还是要自己来决定。投资者是愿意将自己的命运交给别人来掌控，还是由自己来把握？答案是显而易见的，更何况，即使将账户交给很"靠谱"的人打理，也没人敢打保票说包赚不赔。

为了对自己的钱包负责，还是抛却那些不切实际的、通过打听消息而一夜暴富的思想，回归到踏踏实实研究、通过确定性的投资获得收益的正道上来吧。

通过本书介绍的方法，投资者一步步对股票进行研究分析，不需要借助太多的外在资源，也不需要整天盯盘，就可以发掘出大概率赢利的股票，并获得跑赢大盘和大多数股票的收益。

这就是投资确定性重组股的魅力所在。

"乌鸦变凤凰"的幸运儿

粗略统计一下，大致有以下几种人能够成为"乌鸦变凤凰"的幸运儿。

第一种幸运儿是内幕知情人。

不论是重组方、待重组上市公司，还是各种中介机构、监管部门，以及他们身边的"七大姑八大姨"，只要他们获知了内幕信息（事实上，在当前环境下他们往往获得此类消息的概率很大），就可以在精确的时间点潜伏进去。如此一来，既省却了提早建仓的痛苦等待，又能够享受重组复牌后股票连续"一"字涨停带来的暴利和快感。

但这种方式的缺憾是，每只重组股的涨幅都是有限的，你不可能抱着一只股票吃一辈子，而且不可能跟所有的重组上市公司都扯上关系，所以不具备持续性。

其次，内幕交易最大的风险是监管风险。从目前的情况来看，监管部门包括中国证券监督管理委员会（下称证监会）、上海证券交易所、深圳证券交易所等，对于重组内幕交易查得越来越严，一旦发现停牌前股价存在异常波动，或者有不明账户在精确时点大量买入，就会进行严查，轻则没收内幕交易的非法获利，重则否决掉重组方案。例如，2011年3月，证监会否决了天山纺织（000813.SZ）增发股份购买凯迪投资等持有的西拓矿业有限公司75%的股权的重组预案。究其原因，很可能是天山纺织在2009年筹划重大资产重组期间，重组方高管人员涉嫌内幕交易、泄露内幕信息犯罪。

第二种幸运儿是"守得云开见月明"。

不少上市公司的大股东在股权分置改革或是变更、获取控股权时会公开承诺，将在未来几年或12个月内，向上市公司注入优质资产。不少细心的投资者就按图索骥，看看大股东旗下有什么具有吸引力的资产，或者大股东最近有什么动作（比如是否在买一些产品的生产线，或是进行一些特定岗位的招聘等），从而判断是否有进行长时间潜伏、咬定青山不放松的必要。很多具备独立判断能力的投资者也因此获得了暴利，更为重要的是，这种投资方式是可重复的。

然而，这种投资方式也有很大的弊端。一方面，由于难以掌握具体的重组进展，潜伏得过早，股价震荡厉害，甚至大盘牛熊轮回，可能导致投资者心力交瘁，提前割肉走人。另一方面，如果买入过迟，股价往往已经涨起来了，重组方案披露后复牌之日，也就是主力资金趁利好出货之时，投资者很可能错过最佳出货时机。

更有甚者，在当前的市场环境下，诚信体系并不健全，也未得到有效监管。不少大股东最初信誓旦旦地承诺，但直到承诺到期，仍然无法兑现。这种情况下，投资者只能自认倒霉。例如，2010年7月，湖南国投获得ST传媒（000504.SZ）25.58%的股权，成为其第一大股东，同时披露未来12个月内拟对上市公司实施资产重组，将公司收益低、负担重的不良资产置换出上市公司。然而，在2011年7月，一纸"由于条件尚不成熟，未来3个月内不实施重大资产重组"的公告，宣告新任控股股东一年前的重组承诺爽约了。

"守得云开见月明"的投资方式还派生出一种极端但成功率极高的方式——投资暂停上市股。如果3年连续亏损，上市公司将被暂停上市，这样的情况不少见。虽然证券法规明文规定，如果上市公司业绩4年内连续亏损，将对其实行退市，但现实中退市的情况少之又少。由于A股市场"壳资源"珍贵，一旦有企业暂停上市，就会有无数企业闻风而动前来商谈借壳。而上市公司的大股东和地方政府由于各自的利益，也很难容忍公司退市，因此虽然上市公司已经暂停上市，却往往能够通过借壳上市"死而复生"。很多投资者看准了这种巧妙的博弈，就在公司暂停上市前买入，坐等各方奔波忙碌借壳事宜（虽然他们并不知道会是什么样的企业借壳，但即使再差，也会比暂停上市的公司情况好）。这种A股市场独特的投资方式，后文将会有进一步的阐释。

第三种幸运儿是误打误撞型。

简言之，就是投资者买入某只股票时并不知道，也不是冲着停牌重组而来，但巧合的是，该股竟然停牌了。例如，笔者一个在农村长大的朋友，他非常看好农业股，资金也全部投在这个板块上。2009年，他非常看好浙江海通集团（600537.SH）果蔬加工业，并在实地考察过多次后，认为很有前途，于是全仓买入。孰料当年8月，该公司竟然突然宣布重组，摇身一变为市场上最热门的光伏产业，朋友意外地收获了6个涨停板。但由于不是他的投资喜好，涨停板打开后他就下了车，错过了后面4倍的涨幅。

另一种可能最大的误打误撞的投资者就是"涨停板敢死队"。天下没有不透风的墙，重组股在停牌的前一天往往会有大批内幕资金杀入，导致股票涨停。"涨停板敢死队"的操作模式是在涨停板上买股票，第二天借着未尽的势能冲高卖出获利，因此他们很可能跟内幕资金在涨停板上"会师"，从而无意中成为重组的受益者。

以上三种类型的幸运儿，都有因买中重组股而一夜暴富的可能，但同时也面临着一个极大的、事先不可测的风险——重组失败。更令人沮丧的是，近年来，由于监管部门对重组方的业绩、环保、操作规范性等方面的要求越来越高，重组失败的比例也随之提高。紧接而来的结局是股价大跌，投资者深度套牢，久久不能翻身。这种重大的不确定性，使得不少理智的投资者不愿以身试险，而更愿意投资另一种前景更为确定的重组股。

"整形美女"需全新估值

A股市场每年发生重组的上市公司有很多，但并非每只都是合适的标的（即使你有足够的资金买入所有股票），应当进一步细化甄选。其中最为重要的就是，关注重组后上市公司的基本面到底发生了怎样的改变。

目前市场上存在着以下几种重组后基本面变更的情况：

第一种是，大股东向上市公司注入了与之同类型的资产，但赢利能力比原有资产要好，即增加了公司的每股收益。例如，上市公司原来就是经营商业百货的，后来大股东将几个赢利能力良好的百货商场注入上市公司，这样就提高了公司的利润率，从而提升公司的估值，引发股价上涨。

第二种是，上市公司原有的资产不变，但大股东向上市公司注入另一种资产，或是上市公司自行购买另一种资产，使得公司增加了新的赢利点，也能够提升公司的估值。例如，上市公司原来经营钢铁业务，后来大股东向其注入煤炭资产，完善其产业链；或者是某公司原本经营房地产，但突然宣布要进军矿产业，也能够激起市场的追捧。

以上两种情况固然有吸引力，也有一定的投资价值，但有可能由于公司在新的领域经验不丰富（不能马上产生利润），致使股票估值无法发生巨大的变化，所以这类股票并不是投资者最为理想的投资标的。

事实上，过往的案例也一再证明，以上的重组注资想象力往往不够，股价在有数的涨停之后通常会陷入盘整，甚至处于长期的沉寂之中，最后随着大盘起起伏伏，淹没在股海中。

第三种情况是，上市公司进行了全方位的重组，这才是最有研究价值和投资价值，也是赢利概率最大的。一言以蔽之，做基本面发生根本性改变的股票。这也是市场上很多高人竞相追逐的标的。

如今很多女孩子喜欢通过整形让自己变得更漂亮，她们经常会选择一些小手术如隆胸、隆鼻、割双眼皮等。也有一些"豁得出去"的女孩子（当然更多是相貌很不出众的），会选择更为激进的整形方式，把全身所有可以换的都更新一遍。

同样的道理也适用于股市。基本面发生根本性改变的股票，也如同丑小鸭变成了白天鹅，**投资者对于其也应当给予更高的评价和估值**，从而推动股价涨得更高。

一只股票的基本面再好，也应当有一个合适的估值，不能任由股价涨上天，否则将毫无投资价值，高位买进的投资者也将面临巨大的下跌风险。

幸运的是，**A股市场并不是一个完全的价值投资场所，冲动、不善于估值的投机者占据了相当大的比例，大盘的大起大落也是常有之事，这也为明智的投资者创造了宝贵的买入机会。**

市场上大量的案例表明，一只股票经过重组，复牌后大概会有7个涨停板（按照复利计算，7个涨停板可以让股价翻倍）。股价翻倍后，前期埋伏进去的资金会赚得盆满钵满，也会产生强烈的获利了结的冲动。而且从技术的角度看，股价在30%、50%、100%的涨幅后都面临着比较强烈的调整需求。

理论上说，基本面发生根本性改变的股票，在出现1倍的涨幅，涨停板打开之后，往往都具备一定的投资价值，但还是要逐个仔细甄别，去芜存菁，寻求最有上涨空间的股票。

即使找到很具吸引力的重组公司，估值依然是非常重要的一环，毕竟市场主流资金一般不大会参与估值过于离谱的股票。

估值的方式很多，**最直接的是，拿公司的赢利能力、每股收益、市盈率与同行业其他企业进行比较。如果有未来的业绩承诺，还可以用业绩承诺中的数据进行比较。**如果市盈率明显不及同行企业，该股票就将有较大的涨幅；如果对等甚至还高于对方，其参与的价值就要打折扣，因为不确定因素会随之增大。

但市场往往是不理性的，所以对比同行法也不是绝对的，毕竟每家公司都是单独的个体，都有不同的炒作理由。此时，**我们还可以分析其股本，尤其是流通股本，**因为流通股本意味着需要用多少资金才能将股价运作上去。很多企业虽然重组后股本达到数亿甚至数十亿股，但由于其流通股本仅仅只有一两亿股，资金炒作起来仍然比较轻松。

我们还应当分析具体的重组方是什么人，他们以往操盘过哪些股票，表现如何。"龙生龙，凤生凤"，如果他们操作过的股票出现过大牛股，那么未来就应该对他们高看一眼。

此外，还可以看看重组方案中，参与到重组中来的对象有哪些。如果是一些知名的投资者，甚至是公募基金，则意味着他们为该公司的未来发展作出了背书（因为参与重组通常有 1~3 年的限售期）；如果是一些个人投资者，则可以看看他们曾经运作过哪些股票，涨势如何，从而判断他们的操盘风格，以及该股大致可能的涨幅。

在本书以下的章节中，笔者将条分缕析地向读者阐述如何操作确定性重组股。针对不同的股票，有着多种甄别、操作的方法，能使投资者在不耽误工作和生活的同时，获得稳健而高额的回报。

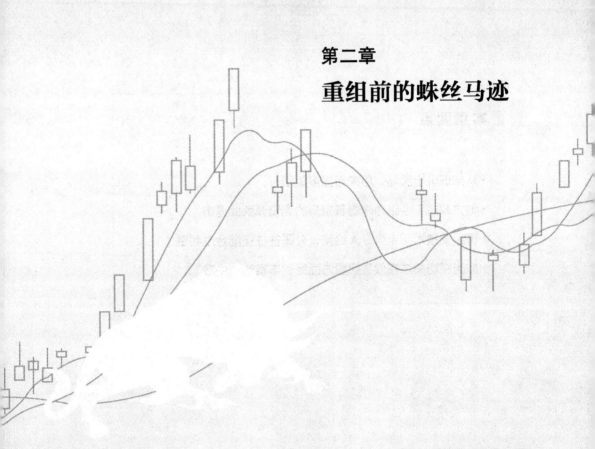

第二章

重组前的蛛丝马迹

- 从来低价出黑马，历来亏损多重组
- 地方政府不会眼睁睁看着宝贵的壳资源就此退市
- 重组前技术面走势令人绝望，公司往往还配合发利空
- 应当密切关注在做重组股方面经验丰富的"牛散"

历来亏损多重组

A 股市场经常大起大落、牛熊瞬间转换的事实已经一再证明，所谓"买到好股票后就一直昏睡"的观点，在太多方面经不起推敲，最终使赢利成为小概率事件，这不是理性投资者所能接受的。

与上述投资方式不同的是，投资确定性重组股，按照一定的条件进行筛选，赢利便是大概率事件。

要在股市实现持续赢利，必须时刻保持对市场的关注。只有无限贴近市场，才能最大程度地实现赢利；只有保持对可能重组标的的持续关注，才能做到心里有数，手到擒来，而不是仓促之间不知所措，导致机会丧失。

"从来低价出黑马，历来亏损多重组"。可能的重组股最大的集中营就是低价亏损股。一家业绩优良、发展前景良好的公司，自身具备持续创造利润的能力，是绝对不需要重组的。只有那些连连亏损，给地方财政税收、企业人员稳定造成影响的，才会存在重组的需求。

足够低价是重组股的另一要义。只有这样才能保证主力资金的成本足够低，重组复牌后股价即使出现较大涨幅，依然不会"显山露水"，不会让后来的接盘者觉得高不可攀。在 A 股市场，投资者往往都有"高价股恐惧症"，高价股也经常有流动性不足的弊病，所以，足够的低价是做重组股不可或缺的原则。

2008 年岁末，全球股市刚刚从熊市的泥淖中慢慢爬出来，*ST琼花（002002.SZ）担保诉讼民间高额借贷案却集中爆发。公司为包括控股股东江苏琼花集团有限公司及其关联公司民间借贷提供总额 1.6 亿元的违规担保，其中涉及的诉讼金额为 9 348.5 万元。

事情曝光后，虽然 2009 年上半年行情向好，*ST琼花股价却承压严重，在每股五六元的位置徘徊了近半年时间。投资者看着身边一只只牛股大阔步飞奔而去，难免失望透顶，纷纷另攀高枝。

但细心的投资者可以分析发现，*ST琼花的总股本只有 1.67 万股，其中流通股本 1.23 万股，当时的总市值在 10 亿元左右，可谓非常袖珍。对于重组方来说，股本越小，他们花的钱也就越少，而且更容易操控。其次，公司地处中国经济最为发达的地区之一——江苏扬州，此地拥有众多优秀的企业，却苦于上市无门，绝不可能眼睁睁看着这样一个宝贵的壳资源就此退市。对于地方政府来讲，如果不出手施救，数亿元的担保、债务将无从化解，最终的结果很可能是公司破产、债权人颗粒无收。这样一来不仅地方财政受影响，地方政府形象受影响，数千名员工也会失去饭碗。

如果深谙国情的话，投资者从以上的事实完全可以推导出，在政府的推动下，江苏的企业很可能出手化解危机，进而实现借壳上市。

果不其然，2009 年 8 月 18 日，*ST琼花宣布重大事项停牌。9 月 21 日，*ST琼花公布的重组方案显示，上市公司原有的全部资产及负债将作价 1.82 亿元，出售给现控股股东琼花集团。变成净壳后，上市公司拟以每股 6.49 元的价格向江苏国信资产管理集团有限公司发行不超过 6 亿股，购买其持有的江苏省房地产投资有限责任公司 100% 的股权。

2009 年正是国内房地产业涨幅最大的一段时期，地产公司借壳上市无疑是最受欢迎的热点。方案披露后，*ST琼花连续 7 个涨停，涨停板打开后，股价在随后的时间里依然不断上涨。短短两个月时间，*ST琼花从停牌前的每股 5.42 元，一口气触及每股 14.36 元，涨幅高达 165%。

如果投资者对这种投资思路有着明确的认识，想要捕获类似*ST琼花这样的牛股，是不那么困难的。

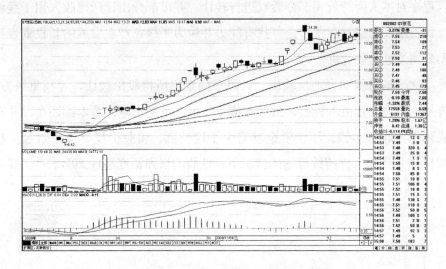

图 2-1 国信地产宣布借壳 *ST琼花后的走势图

*ST大地（002200.SZ）也是一个很有趣的例子。因涉嫌欺诈发行股票罪，公司控股股东、董事长何学葵于 2011 年 3 月 17 日被逮捕。她持有的绿大地 4 325.7985 万股限售流通股于 2010 年 12 月 20 日被公安机关依法冻结，随后还有多名高管被捕。

与此同时，*ST大地披露的业绩也一塌糊涂：2010 实现营业收入 3.59 亿元，同比下降 26.7%，净利润 1 447.79 万元，实现扭亏，每股收益 0.1 元；2011 年一季度公司实现营收 1 109.1 万元，同比下滑 93.12%，净利润−1 732.99 万元，每股收益−0.11 元。而且公司 2011 年 8 月底还面临 8 983.31 万元银行贷款到期的压力。

在这样的连环打击下，*ST大地的股价简直可以用"崩盘"来形容，从每股 44.86 元的高价大幅下挫到每股 10.96 元，期间跌幅高达 75.57%。

然而，到了 2011 年 7 月，敏感的投资者突然嗅到了一丝不同的气息。

*ST大地董事会7月29日收到的第一大股东何学葵的授权委托书称，"获悉公司目前面临重大经营危机和债务危机，本人特向董事会授权，依法按照规范程序对本人所持公司部分股权进行转让，并以部分出让所得收入用于缓解公司困难，希望公司董事会寻找有能力并致力于绿色产业发展的新投资者帮助公司度过当前危机"。

这一信息很明显地反映出，大股东同意将所持股份转让，寻找重组方。再加上公司主营苗木种植，虽然有债务危机，可是土地、苗木都还在，并不缺东山再起的本钱。不少资金就看中了这一点，将股价搅得风生水起。在2011年下半年大盘持续低迷的情况下，该股的反弹幅度超过50%。

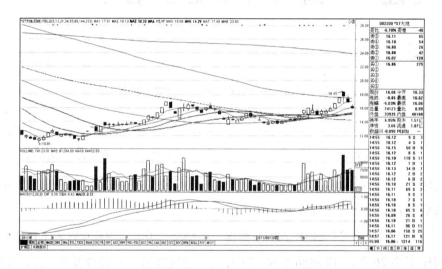

图 2-2　*ST大地在大盘低迷的情况下涨幅超 50%

在一些重组的股票中，可以看到不少机构投资者也提前埋伏了进去，令人怀疑他们是不是有内幕消息。实际上，在监管日益严格的今天，内幕交易不再是常态，机构也只是平常多调研、多琢磨，从公开信息中发掘有用的信息，比如上市公司董事会非正常换届的人事变动、公司上市时主要股东的相关承诺和规划等，此外他们也会关注上市公司的股本结构。普通投资者也完全可以借鉴这种思考方式。

　　还有一个小窍门，就是多给上市公司打电话，问问最近的情况，一来二去熟悉了，对上市公司的重大事项进展也就能比较清楚。同时还要常与证券部工作人员联系，虽然信息披露原则不允许违规行为，但在与证券部工作人员的交流过程中，往往能从其语气、神态中感知一些苗头。

利空背后大有文章

　　市场上有一句流传很广的话说 "德隆之后再无庄家"。当年，A股市场庄家横行，以德隆系坐庄的三只股票新疆屯河（600737.SH）、合金股份（000633.SZ）、湘火炬（000549.SZ）为最。伴随2001~2005年的大熊市，德隆系崩盘，市场也认为庄家随之灰飞烟灭。

　　然而，不可否认的是，市场上总是有一些大资金的存在，它们介入到某只股票后，就成为里面的主力资金，可以在一定时间内左右该股的走势。

　　需要指出的是，真正有实力、有远见的主力资金，做股票时往往是跟上市公司重大资产重组结合在一起的。以前，只要股票暴涨，就会有投资者飞蛾扑火般地去抢筹，而如今的投资者不再轻易上当。如果没有资产注入引起基本面的重大改变，从而引起公司价值重估，主力资金即使把股价拉起来，也难以找到接盘者顺利出货。因此，他们通常的做法就是一、二级市场联动，趁上市公司蜕变之机成功获利。

　　这样的大资金选择好股票介入后，首先要做的就是打压股价。这样做的原因，一方面是主力能从二级市场获得低价的筹码，避免持股成本过高；另一方面，这也是由增发股份的规则决定的。

　　根据中国证监会颁发的《上市公司重大资产重组管理办法》（证监公司

字 [2008] 53 号）第 42 条："上市公司发行股份的价格不得低于本次发行股份购买资产的董事会决议公告日前 20 个交易日公司股票交易均价。"该条款所称交易均价的计算公式为：董事会决议公告日前 20 个交易日公司股票交易均价＝决议公告日前 20 个交易日公司股票交易总额/决议公告日前 20 个交易日公司股票交易总量。一般而言，增发价格是选择在 20 天交易均价的基础上打 9 折。

重组增发之前股价越低，20 个交易日股票均价也就越低，同样的资产就能获得更多的股份。例如，增发资产评估为 20 亿元，如果增发价是 10 元，主力可以获得 2 亿股；如果增发价是 5 元，主力可以获得 4 亿股。若未来重组后股价涨到 20 元，一个资产变成 40 亿元，一个变成 80 亿元。主力会作出怎样的选择，答案显而易见。

另外，压制股价不涨也是主力需要竭力维持的。管涨不管跌向来是 A 股市场的惯例，根据证监会《关于规范上市公司信息披露及相关各方行为的通知》（证监公司字 [2007] 128 号）第 5 条："上市公司股价在股价敏感重大信息公布前 20 个交易日内累计涨跌幅超过 20% 的，上市公司在向中国证监会提起行政许可申请时，应充分举证相关内幕信息知情人及直系亲属等不存在内幕交易行为。证券交易所应对公司股价敏感重大信息公布前股票交易是否存在异常行为进行专项分析，并报中国证监会。中国证监会可对上市公司股价异动行为进行调查，调查期间将暂缓审核上市公司的行政许可申请。"

基于以上两方面的原因，在重组停牌之前，股价一般都会遭到大力打压。**除了在技术面上走出令人绝望的暴跌、阴跌图形外，上市公司往往还会积极配合，频繁发布利空公告，打击投资者信心**，比如诉讼、亏损、股权冻结、债务危机等，极端的甚至还会宣布三个月内不进行重组。

如果一家上市公司在股价和公告中同时出现这种令人绝望的情形，有心的投资者就应当重视起来。如果说"七亏二平一赚"几乎是投资者中的铁律，那么，在人人避之唯恐不及的垃圾堆下面，很可能蕴藏着一座富饶的金矿。

主力花这么大力气打压股价、收集筹码，自然也就志存高远，仅仅1倍的涨幅显然难以满足其胃口。投资者即使在涨停板打开后再介入，后面依然会有丰厚的回报。

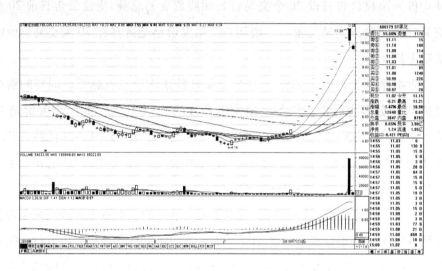

图2-3　ST黑化重组前股价备受打压

由于主力资金的存在，以及它们对于盘面的随心操控，很多时候，不到最后一刻，谜底都不会揭晓。

由于亏损严重，金宇车城（000803.SZ）一直存在重组预期，导致股价居高不下。但2011年1月，公司发布公告称，经查询，公司没有计划进行业务或资产重组等相关安排，在未来可预见的半年之内，也没有实施上述相关事项的安排或计划。

一般核查公告均设定为3个月，但此次金宇车城却承诺了6个月，如此积极反而令人生疑。

再往前追溯，2010年11月底，金宇车城悄然更换掌门人，原董事长、副董事长在同一天宣告辞职。随后，戴凌翔通过股东大会与董事会审议后当选为金宇车城新任董事长。资料显示，戴凌翔曾担任过湖北省黄冈市市委常委、常务副市长，1997 年出任华夏银行深圳分行常务副行长，随后进入中国银河证券公司深圳总部担任党委书记、副总经理等职。这是一个典型的在政商两界都玩得转的资本大佬，他所为何来呢？

果然，2011 年 8 月，金宇车城实际控制人金宇集团旗下的西部汽车城拟以其所持四川锦宇投资管理有限公司 39.06% 的股权，偿还金宇车城 3 200 万元债务及 1 760.31 万元投资款。金宇集团还公布了此次偿债协议的补充承诺，表示在四川锦宇 39% 股权过户给金宇车城到位后，将配合金宇车城把间接持有的四川金恒德公司的股权变更为直接持股，持股比例为 19.5%，并保证金宇车城的年投资收益（计算基数为 4 960.31 万元）两年内予以补足到 6%。

公开信息里找蛛丝马迹

还有一种确定性重组也是可以引起投资者重视的，那就是上市公司的主业依然在继续，但却通过收购或者上马新生产线，进入另一个非常热门的行业。市场往往会认为公司将在该领域获得高额回报，增厚每股收益，从而对其加以追捧。

对于上市公司而言，这是一种相对比较简单的方式，因为如果对外出资额在一定的比例之内，并不需要获得监管部门的批准，只要股东大会同意即可。如果需要定向增发募集资金，对这样有吸引力的项目，不少机构也同样会有兴趣参与。按照规则，机构参与定向增发的价格，是在公司 20 个交易日股价的均价的基础上，再打 9 折，亦即在机构参与定向增发之际，按照现有的股价他们已经赢利 10%（但他们所持股份的锁定期有一年，具有稳住乃至做高股价的动力）。

这样的获利机会其实并不难找，细心的投资者完全可以从公开信息中找到蛛丝马迹。

恒星科技（002132.SZ）的主业是生产销售钢帘线，是生产轮胎的原料。如果看好中国的汽车业发展，就一定看好轮胎，看好轮胎，就应当看好钢帘线。这是一般投资者买入恒星科技的理由。

　　然而，如果细心查阅公开资料我们可以发现，2010 年 7 月 5 日，恒星科技在网上发布了一个招聘启事，拟招聘 800 人负责生产公司切割钢丝产品。由此可以推测，其多晶硅切割线项目即将投产，这个正是当时市场的热点概念。这是一个很小的线索，根据这个线索，再搜寻其他大量资料进行佐证，可以确信这个题材是相对可靠的，投资者完全可以买入该股。而且从该股的走势来看，股价一直是小阴小阳稳步上涨，意味着市场上已经有人注意到了这个题材，并且也在建仓（市场的认可非常重要，因为不可能只有你一个人注意到这个消息），因此投资者可以放心持有。

　　果然，2010 年 8 月 25 日，恒星科技发布的澄清公告称，公司目前正在研究开发新产品——超精细钢丝，该产品主要用于切割晶硅太阳能电池的电池硅片。估计 2010 年内公司超精细钢丝产量为 300~600 吨，按照市场中类似产品每吨 11 万元（不含税）左右的售价计算，公司可增加约 3 300 万~6 600 万元的销售收入。参考市场中类似产品 40%~60% 的毛利率，该产品在下半年可对公司贡献毛利 1 300 万~3 900 万元。

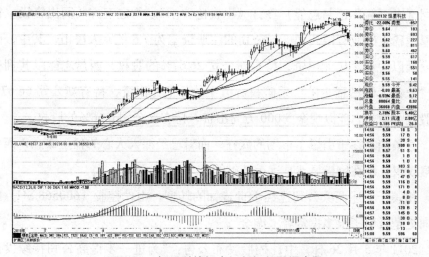

图 2-4　恒星科技投产切割钢丝引爆牛股

只要投资者勤于关注各类新闻和信息，从蛛丝马迹中捕获牛股的概率将

会很大，上述恒星科技的案例也绝非孤例。

2010 年 9 月 30 日，淄博博山昌信机械厂（以下简称昌信机械厂）在其官方网站发布了一条简短的消息：近日，昌信机械厂作为山东省唯一一家为西藏发展提供破碎机设备的合格供应商，其 PCB 锤式破碎机被西藏发展选中，成为鲁藏矿山领域的首家合作厂商之一。

资料显示，西藏发展（000752.SZ）的主营业务是啤酒、藏红花开发加工及酒店旅游业，似乎与 PCB 锤式破碎机关联度不大。公司购买这种设备，很可能就是进军矿产业的信号。

再追查下去，不少论坛里都流传着西藏发展要进军稀土领域的传言，而稀土正是近年来市场上极为火暴的概念之一。从股价走势上来看，从 2011 年 2 月起，该股一直温和放量上涨，资金介入明显。

2011 年 3 月 15 日，西藏发展终于宣布，公司董事会审议通过了关于"出资 2 亿元人民币设立德昌厚地稀土矿业有限公司"的议案。西藏发展与西昌志能实业有限责任公司（以下简称西昌志能）、德昌志能稀土有限责任公司（以下简称德昌志能）签订《出资协议书》，约定三方共同出资设立德昌厚地稀土矿业有限公司。新公司的注册资本为 7.5 亿元人民币，其中，西藏发展以现金 2 亿元出资，持有新公司 26.67% 的股权；西昌志能以其拥有的"德昌大陆槽稀土矿"采矿权价值中的 5 亿元出资，持有新公司 66.67% 的股权；德昌志能以现金 5 000 万元出资，持有新公司 6.66% 的股权。

这条消息终于引爆了市场的疯狂，面对已经深入人心的稀土概念，西藏发展仅仅 4 个涨停板显然是远远不够的。

相较于上述两家公司已经举世皆知的转型，中珠控股（600568.SH）的去向更是吸引了很多投资者"淘金"。

2011 年 5 月 26 日，中珠控股发布公告："为进一步提高公司持续发展潜力，更好地回报全体投资者，根据公司业务发展的需要，公司经研究决定，在目前涉及房地产和医药两大行业的情况下，公司拟扩大经营范围，开

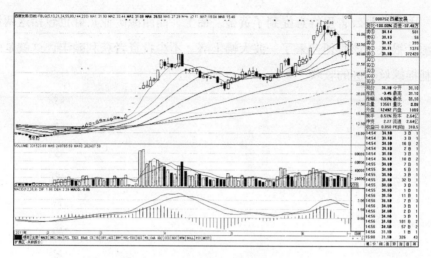

图 2-5　西藏发展进军稀土引发狂炒

展矿产资源的投资、开采等业务。"然而，该公告并没有披露任何实质性的信息。

这则公告还披露了拟增加的经营内容，包括但不限于：黄金矿产勘查、开发（采、选、冶），有色金属（含稀有稀土金属）矿采选，贵金属矿采选，有色金属（含稀有稀土金属）冶炼，贵金属冶炼，有色金属合金制造，有色金属压延加工，有色金属产品的收购、加工和销售。

敏感的投资者可以发现，中珠控股的控股股东为珠海中珠股份有限公司，其持股比例为47.22%，实际控制人为自然人许德来。许德来同时还控股珠海经济特区西海集团有限公司，该公司拥有的矿产主要是珠海西海矿业投资有限公司（以下简称西海矿业）。

资料显示，2010年西海矿业资产总额为16亿元，公司主要以投资采掘铜钨钼矿产资源为主。目前西海矿业拥有铜矿石820.09万吨、钨矿石450.09万吨、钼矿石380万吨、银矿石430.09万吨、锑矿石350.95万吨、印尼稀土矿石280万吨，以及少量的黄金、铂、锂矿等矿产资源。2010年最新矿产估值为200亿元。

中珠控股公告里特意提到了黄金、稀土，而西海矿业正好也包括这两种资源。很快，该股便迎来了一波大幅上涨，不少投资者获利颇丰，这就是耐心捕捉蛛丝马迹的收获。

神秘股东的"点金术"

截至 2011 年 8 月，A 股市场的上市公司数量大概有 2 200 余家。投资者要在这里面寻找合适的标的，虽然不能说是大海捞针，但的确需要花费不少的工夫。

但有一个比较取巧的方法，就是在上市公司发布年报或者季报的时候，从流通股东一栏里看看新进入了哪些有意思的股东。如果自己没有时间一一翻阅这些报告的话（工作量的确很大），可以多关注一些财经媒体的报道。这类牛人买股的消息，对于平时严肃正经的财经媒体而言，可谓是最大也最有意思的"八卦消息"了。

需要注意的是，目前市面上有不少业绩斐然的基金，它们构成了市场的主要支撑力量。其投资流程是，研究员先将看好的股票推荐到股票池，基金经理经过筛选后，再拿到投资决策委员会去讨论，讨论通过后，再将指令下发到集中交易室，由操盘手买入股票。

通常来讲，研究员推荐的股票应当是基本面非常好、未来赢利能力很强的。他们并非不能推荐 ST 股、亏损股、绩差股等，但这类推荐必将面临投资决策委员会更多的质询，有时候甚至还要上报证监会批准才行，而且，谁也无法保证某只股就一定能够赚钱。两相权衡之下，研究员就很少推荐这类股票,这往往也给了有心的投资者可趁之机。

基于上述原因,在研究股东榜时,投资者更应当关注那些在做重组股方面拥有较高知名度的个人投资者,俗称"牛散",他们资金量较大且操作异常精准。

吴鸣霄在ST重组题材领域是一个大名鼎鼎的人物,他的资金量也已达到亿元以上的级别。据公开资料显示,吴鸣霄为上海华鸣投资管理有限公司(以下简称华鸣投资)的法人代表,是近年来资本市场上极其活跃的人物,尤其擅长在拍卖市场低价"淘金"。

2001年3月,吴鸣霄通过其控制的华鸣投资斥资1 500万元拍卖竞得ST幸福1 376万股法人股,价格是每股1.09元。而如今ST幸福已经变身华远地产,股价在每股9元左右,剔除股改因素,投资回报率约为330%。

根据2010年第一季度报,吴鸣霄共持有9家公司近6 000万股的股权,可流通市值超过2.86亿元。其中仅ST昌鱼一只股票,吴鸣霄就持有市值超过8 238万元的股权,另外,吴鸣霄持有的*ST筑信、*ST中房部分股权市值也分别达6 047万元、6 060万元。此外他还持有*ST北生、*ST夏新、*ST厦华、*ST东海、*ST金杯等股票。

2009年第三季度,吴鸣霄位列ST筑信(600515.SH)十大流通股东榜单第三位。研究可以发现,公司实际控制人海航置业在2009年8月14日曾经承诺,继续促使ST筑信第一大股东天津大通履行其在公司股改时的承诺,即以不低于5亿元的优质资产进行注入,提高ST筑信的赢利能力并增强其持续经营能力,若天津大通不能履行,则由海航置业承担相应义务。天津大通或海航置业将在两年内启动向ST筑信注入资产的重组工作。

由此,我们可以明了吴鸣霄进入ST筑信的缘由。他在真金白银大手笔投入ST筑信之前,肯定也作过周密的分析。因此,普通投资者完全可以借用他的研究结果,在ST筑信上搭"顺风车"。

从图2-6来看,基于注入优质资产的预期,以及吴鸣霄进入后强化了这种预期，ST筑信走出了两波明显的上涨行情。这对于投资者来说，是不难把握的。

在随后的 2010 年 3 月 1 日，ST筑信刊登重大事项暨停牌公告宣布，公司正在筹划重大资产重组事宜，有关事项尚需与有关部门沟通，存在不确定性。经公司申请，公司股票自 2010 年 3 月 1 日起停牌。

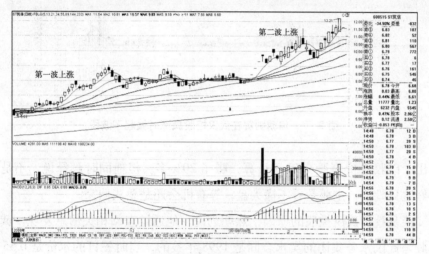

图 2-6　牛散进驻ST筑信后出现两波上涨

在寻找牛散的旅途中，武汉控股（600168.SH）算是一个很有意思的案例，因为其中主角曾站出来进行了解读。这在讲究"闷声发大财"的资本市场可谓难得，也为投资者研究重组股提供了一手的信息。

2009 年年底，焦朝剀以 259 万股的持股数量，名列武汉控股第四大股东。此人被誉为"厦门最牛散户"，曾靠投资四川长虹获得第一桶金，真正发家则是依靠大量投资法人股。他此前曾先后成为豫园商城第六大流通股东、太极集团第七大流通股东、ST秋林第七大流通股东。因此，当他出现在上市公司的股东榜之后，理所当然会引起人们的关注。

事后，焦朝剀对《海峡导报》披露他在武汉控股上的操作情况说，他于 2009 年年底建仓该股，持仓均价在每股 7.8 元左右，在 2010 年 3 月底悉数

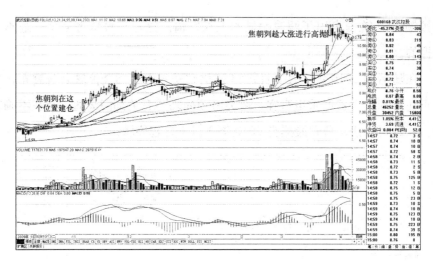

图 2-7　焦朝刿曾在武汉控股疯涨时做起了波段

抛出，以收盘价每股 9.55 元计算，赚了 20% 多。但他同时解释说，不是不看好这只股票，主要是看不懂大盘，等有机会还是要买回来。

谈及投资武汉控股的原因，焦朝刿说，他通过查阅相关信息发现，武汉控股与武汉水务集团的卖水合同是 1998 年签的，当时签订的水价是 0.55 元每吨。这么多年过去，这个卖水合同居然没有调整过，而武汉最便宜的水价也要 1.98 元每吨。在不少城市上调水价的背景下，武汉水价一旦上调，武汉控股的利润无疑将上涨数倍。此外，武汉控股有一块房地产业务，楼盘基本上已经卖光了，并且利润丰厚，但这一块利润还没结算，一旦体现在报表上，又将令其业绩光鲜不少。

还有关键的一点是，武汉控股作为武汉本地唯一一家公用事业类上市公司，广泛涉及自来水供应、污水处理、房地产开发、隧道运营业务等多个方面，但业绩始终平平。武汉当地关于该公司要重组的说法不绝于耳，只是时间尚不确定，因此，投资该股，需要的只是耐心，基本上不会出现亏损的情况。

有意思的是，截至 2011 年 3 月 31 日，武汉控股的十大流通股东中，除了第一大股东武汉市水务集团有限公司以外，其余 9 名均是自然人股东，持股数量从 51.84 万股到 128 万股不等。按照均价每股 8.5 元的价格计算，他们在该股投入的资金是 440 万元到 1 000 万元不等。

试想，如果没有经过周密的调研，普通人能将数百上千万元资金冒冒失失地投入到一个自己不了解的股票中去吗？这种心思的揣测，也有助于投资者发掘蛛丝马迹。

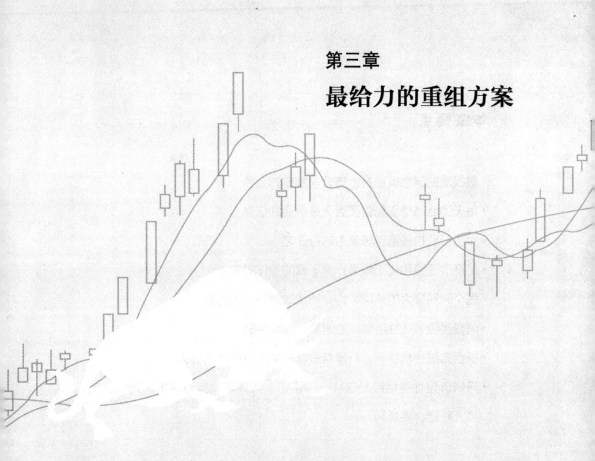

第三章

最给力的重组方案

本章要点

- 最权威的信息渠道是上市公司发布的公告

- 每天的涨幅榜里包含了当天最重要的信息

- 军工行业也是最具想象力的行业之一

- 矿产资源股和化工股是长盛不衰的炒作对象

- 每个时期最大的热点，均少不了政策扶持的行业

- 消费类股票往往能够战胜通胀、超越牛熊

- 操盘方过往战绩好，新操盘股票走牛的可能性也会大

- 只做确定性重组股是这样一条路径：大概率，穿越牛熊，持
  续，稳定，高赢利

搜寻第一手权威信息

确切说来，上一章的内容应该只能算是"半确定性重组"（当然对于本书的主题同样非常有帮助），这一章开始真正进入"确定性重组"的讨论。

不论哪种投资方式，第一步都离不开信息的筛选。即使是操作手法颇为"极端"的"涨停板敢死队"，他们也是在苦苦研读信息后再决定是否去封某只股票的涨停板的。如果信息足够"给力"，他们就很容易封住涨停板，后面还会有很多资金来"抬轿子"；如果信息含金量一般，即使强行封住涨停板，也很容易被场内资金借机出货，自己成为"炒股炒成股东"的冤大头。总体而言，不论是哪一路资金，都极其重视对信息的收集和筛选，如果不能明了引发股票走势背后的原因，想要在其中获利将是比较困难的事情。

如今信息来源的渠道数不胜数，与其说投资者要去全方位了解信息，不如说应当精确地搜寻有用的信息，不然很容易迷失在浩如烟海的信息之中。

对于投资者而言，不论是初级投资者，还是资深投资者，**最为重要的信息渠道依然莫过于证券交易所发布的上市公司公告。**

其中，上海证券交易所（以下简称上交所）发布上市公司公告的时间大概是每天晚上 10 点之后，深圳证券交易所（以下简称深交所）发布公告的时间大概是每天晚上 8 点之后。沪深上市公司的所有公告，都是通过上述渠道发布的。如果某些公告没有在这里出现过，而出现在别的网站上，它要么是坊间谣传，要么就是内幕泄密。

除了公告以外，证券交易所网站还有很多有用的信息可以查询。例如，在上市公司的年报、季报披露之前，交易所都会发布《上市公司定期报告预约披露时间表》，投资者可以提前注意下自己关心的公司的一些时间节点。

此外，针对每天涨跌幅过大、换手率过高、没有涨跌幅限制的股票，交易所还会披露在这些股票买卖的前 5 位营业部席位。一些营业部或者游资之所以出名，大多因为他们是交易榜上的常客。

另外一个可以使投资者注意到投资机会的地方，就是交易所网站的"权益类证券大宗交易"。 这里会披露交易席位通过大宗交易买卖股票的详细情况，包括哪里的席位、价格、数量、成交金额等。如果一只股票频繁出现在大宗交易上的话，投资者完全有必要对其多留一份心。

例如，投资者在深交所大宗交易平台可以即时查询到，从 2010 年 11 月 15 日到 2011 年 1 月 25 日，西藏发展（000752.SZ）的股票一共发生了 13 笔大宗交易，成交数量为 4 443 万股，涉及金额 4.43 亿元。上述股份虽然卖盘席位各异，但接盘的交易席位却很集中，其中万和证券经纪有限公司成都顺城大街证券营业部出现 9 次，申银万国证券股份有限公司成都人民北路证券营业部、中国民族证券有限责任公司上海南丹东路证券营业部各出现两次。这种明显带有人为痕迹的操作手法，往往预示着后面将有故事发生。果不其然，2011 年 3 月 15 日，西藏发展终于宣布，公司董事会审议通过了关于"出资 2 亿元人民币设立德昌厚地稀土矿业有限公司"的议案。

由于交易所每天晚上披露的公告较多，时间又比较晚，不少非职业投资者难以保证每天完成这么大的阅读量。**另一种比较稳妥的方法是，在次日早上阅读"三大报"上的报道。** "三大报"是《中国证券报》《上海证券报》《证券时报》三份证券类报纸的统称。它们是中国证监会、中国银监会（中国银行业监督管理委员会的简称）、中国保监会（中国保险监督管理委员会的简称）指定的信息披露媒体，所以信息相对会比较及时和权威。"三大报"每天都会对比较重要的上市公司公告进行报道，并作出较为全面的解读。仔细阅读这些信息，同样可以找到有价值的投资机会。

另外，还有一些较为专业的财经网站，如和讯网、东方财富网、金融界、中财网、新浪财经等，投资者都可以多加留意。

凡是较为重要的重大资产重组事宜，投资者只要经常留心以上信息平台，基本上可以做到无遗漏。

非职业投资者如果没有时间过多地关注新闻的话，还有一种简便的方法可以及时地了解到重要信息。**这种方法就是每天查看当天的涨幅榜，尤其是当天涨停的股票。**打开行情软件，键入"61"再按回车键，就可以看到沪市A股涨幅排名；键入"63"再按回车键，就可以看到深市A股涨幅排名。一般重组复牌的股票，都会出现数个"一字涨停"，即出现在涨幅榜上端的显著位置。投资者只要查看涨幅榜，进而翻看该股的公告或新闻，就能大致知晓触发该股涨停的缘由，进而作出投资判断。

不少入市不久的投资者，由于短时间内掌握的投资技能不足，往往容易被吸引至各种股票论坛或者股吧，希望从中获得消息，打探"牛股"。实际上，这些地方最为鱼龙混杂，很多活跃者都是初级投资者，他们往往盲目地看好或者看空，甚至天马行空地臆想一些信息出来。其中还有一些"庄家"混迹其中，若有若无地放出消息来误导投资者，从而掩盖自己的真实目的。类似的情况已经屡见不鲜，不少上市公司也就论坛上的传言发布过澄清公告。所以，投资者如果定力不够，或是还没有形成行之有效的操作模式的话，最好是有选择、有甄别地看待这些地方流传出来的信息。

最受欢迎的重组股

当看到一份上市公司重大资产重组预案后，投资者完全有必要在第一时间仔细研读一遍，研究其是否具有吸引力。

有些投资者可能抱有这样"偷懒"的想法：只要预案披露后的第二天去看看涨停板就可以了。如果该股次日能够强势封住涨停，就意味着方案是好的，反之则没有价值。

其实，上述观点是不够严谨的。因为一个方案披露后，股价能否封住涨停，不仅要看方案的吸引力，也要看当时股价的位置（比如停牌前已经有了不小的涨幅），以及当时的大盘环境（如果大盘相较停牌前跌了很多，个股就有补跌的可能），所以投资者还是有必要独立地研究方案。

拿到一份重组预案后，首先应当看看重组方是谁，将要注入什么性质的资产。

在A股市场淘金的投资者形形色色，各行各业的公司也纷纷在这里借壳上市。只有重组方的来头特别大，才能激起市场狂热的追捧，未来也才能出现数倍的涨幅。**所谓"来头大"，主要是指重组方是军工企业、央企、大型地方国企、资产体量巨大的民企等。**这些企业都掌握有庞大的资源，在通过监管部门审批、促使股价上涨方面拥有更大优势。

其次，要看重组方要注入什么样的资产，这是最为重要的一点。归根结底，市场是否买账，要看资产是否具有吸引力。否则就只是一个破落户取代另一个破落户而已，激不起任何人的兴趣。

从过往的市场脉络来看，**市场相对偏好、涨幅也更为可观的重组后上市公司主要集中在以下几个板块：军工、化工、有色矿产资源、消费，以及政策扶持的行业（如光伏、LED[①]、锂电池等，因时而变）。** 还有一种就是某段时间内市场热捧的行业，例如 2007 年以前的房地产业，但这种非理性的情形很可能一去不返。

军工股重组经常是出来一个就牛一个。究其原因，**由于涉及军事机密，军工行业历来就是最不透明的行业之一，也是最具想象力的行业之一。** 因此如果一家上市公司变身为军工股，无疑将获得市场的高度追捧。例如由电脑刺绣机制造企业变身而来的中兵光电（600435.SH），曾从最低价每股 10.69 元涨到最高价每股 40.18 元，涨幅将近 4 倍。中航精机（002013.SZ）宣布

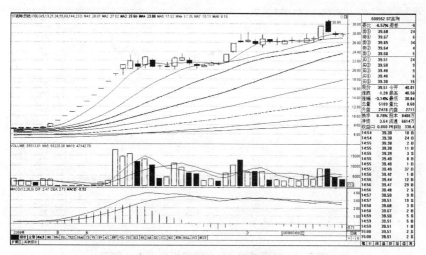

图 3-1 ST高陶在 9 个涨停板后意犹未尽

① LED：发光二极管。——编者注

拟以不低于每股 14.53 元的价格，定向增发募资 36.38 亿元，购买 7 家航空制造类公司全部股权后，该股一口气出现了 9 个一字涨停。同样的情形还曾出现在中航电子（600372.SH）、*ST 高陶（600562.SH）上。

化工股和有色矿产（包括黄金、白银等贵金属）也是市场上长盛不衰的炒作对象。两者都属于周期性行业，产品价格振幅巨大，不管公司赢利与否，只要产品价格在上涨曲线之中，公司股价就能够得到各类资金的认同和拉抬。所以，虽然从长期看，这类公司的股价是在一个大区间内震荡，但只要把握好了产品价格变化的大方向，就很容易从中获利。由于是有色矿产，而且市场认为地球上的资源会越来越少，所以对它们的炒作更受投资者的认同。例如，由彩色显像管用偏转线圈行业重组为钼矿、铼矿开采的 *ST 偏转（000697.SZ），曾从最低价每股 5.16 元涨到最高价每股 24.54 元；由医药股变身为以白银为主的矿产股 *ST 威达（000603.SZ），从停牌前的每股 7.72 元，最高涨到了每股 39.60 元。

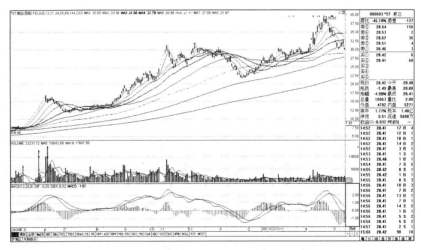

图 3-2　*ST 威达 15 个涨停板后还在山脚下

市场上的资金总是在追逐新的热点，而**每个时期最大的热点，均少不了政策扶持的行业。**因为那将是优惠政策、扶持资金、配套市场集中涌向的行业，蕴涵着巨大的商机，也可能造就一个新的巨人型企业。虽然从现实情况来看，政策扶持的行业有可能是"各领风骚三两年"，但在彼时彼刻，却是"最为动人的故事"。例如，重组后变身为 LED 龙头的三安光电（600703.SH），股价曾从最低价每股 5.89 元涨到最高价每股 78 元，堪称惊艳。

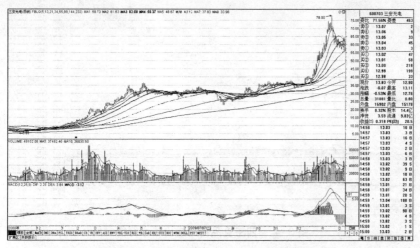

图 3-3　三安光电重组后的股价表现堪称惊艳

消费类公司更是如此，从长线来看，消费类股票往往能够战胜通胀、超越牛熊，不大可能被社会淘汰。这也是巴菲特喜爱可口可乐、沃尔玛等消费企业的原因。反观借壳上市成为国内味精业巨头的梅花集团（600873.SH），常升常有，涨得不亦乐乎。

重组后的西王食品（000639.SZ）也是给消费概念股爱好者带来惊喜的一只股票。该公司采取聚焦策略，在细分市场投入大量资源，成为玉米油的代名词，谋求建立高端食用油品牌形象。公司签约张国立夫妇代言，在中央电视台等主流媒体投入进行品牌宣传，申请成为唯一不含添加剂的"健"字号认证食用油企业，并在 2010 年下半年强势推出了高端产品鲜胚玉米油。

西王食品 2011 年上半年实现收入 84.1 亿元，净利润为 5.26 亿元。据此测算，其二季度净利润为 3.3 亿元，环比增长 69%；2011 年上半年销售额达

到 2010 年全年的 70%，净利润达到 2010 年全年的 57%。客观来讲，2011
年上半年为食用油销售淡季，西王食品仍获得这样的经营业绩殊为不易。这
也再次说明，优质的消费类股票，将会持续走出长牛行情。

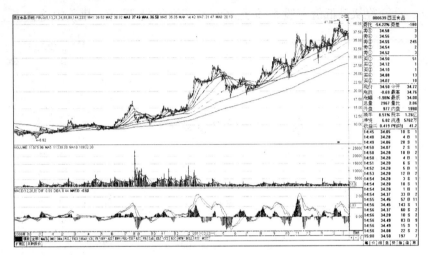

图 3-4　西王食品持续走出长牛行情

重组预案中披沙拣金

由于国内有上市意愿且符合上市条件的企业数不胜数，因此排队等候IPO（首次公开募股）上市的企业非常多，而且这种形式对财务状况的要求比较高。反观借壳上市，只要能找到合适的壳资源，债务清理干净，操作规范，基本都能实现上市。

2011年8月5日，中国证监会正式发布《关于修改上市公司重大资产重组与配套融资相关规定的决定》（以下简称《决定》）。《决定》对借壳上市进行了界定，明确了借壳标准，补充完善了发行股份购买资产的制度规定，允许向第三方发行股份购买资产，支持资产重组与配套融资同步操作。

根据《决定》的内容，上市公司发行股份购买资产的，可以同时通过定向发行股份募集部分配套资金，其定价方式按照现行相关规定办理。并购重组与配套资金募集可以同步操作，实现一次受理，一次核准。这有利于上市公司拓宽兼并重组融资渠道，减少并购重组审核环节，提高并购重组的市场效率。例如，2011年9月20日，科力远公告重组进展，首次透露其方案设计为：向交易对方非公开发行股份和向其他特定投资者非公开发行股份募集现金，收购稀土加工企业鸿源稀土的全部股权。

根据业内专家的估算，如果一家中等规模的房地产企业去收购一家上市公司，一年内可以为房地产企业直接带来的资本金增加高达 60 亿元，直接、间接股权现金融资超过 20 亿元。这些财富毫无疑问不需要通过降价促销获得。

由此，也就不难理解为什么企业对于借壳上市的积极性如此之高了。

虽然借壳上市对于企业好处多多，但对于二级市场的投资者而言却没有这么大的福音。因为他们只能通过股价的上涨获利，背后的质押、增发等资本运作手段，基本上无法体现其利益。

因此，面对市面上众多的借壳上市方案，投资者很有必要筛选一番，而不是见一个买一个，最后弄成一个"重组股基金"。

笔者通过大量的重组方案分析和股价走势对比发现，除了上一小节中谈及的几类受欢迎的重组股外，其他行业的重组股事后的股价表现都不尽如人意。

2010 年 9 月 13 日，刘永好旗下的新希望（000876.SZ）披露了重组预案。此前众股民担心的大股东将民生银行剥离没有出现，而是注入总额 78.1 亿元的农牧资产，同时将乳业资产、房地产资产剥离。完成后，新希望将成为国内规模最大的农牧上市公司，上市公司的赢利能力将大大增强。

这是一个看上去非常不错的方案。人类离不开穿衣吃饭，农牧业可谓是永远的朝阳行业。何况此次注资还能增强赢利能力，从新希望复牌后的股价走势来看，似乎也符合这一判断。

然而，后来的走势却令开板后买入的投资者们疑惑不已，该股股价在后面漫长的时间里一直窄幅盘整，获利者寥寥无几。

究其原因，作为一只农业股，天生就注定了其业绩较为平滑，赢利不会出现突然大幅上升，对于市场而言，未来的想象力不够。最重要的原因还有，农业在CPI（消费者物价指数）统计中占比非常高。如果农产品价格上涨，将直接意味着CPI增长，通货膨胀来临，政府对这方面的调控是绝不会手软的。因此，市场忌惮这些因素，也就不敢大力炒作农业股。可以提供佐证的是，虽然近年来粮食价格有所上涨，但国内三家优秀的种业公司——隆平高科（000998）、登海种业（002041）、丰乐种业（000713）的业绩和股价却没有出现相应大涨。同样的情形还出现在棉花股新赛股份（600540）、新农开发（600359），以及糖业股贵糖股份（000833）、南宁糖业（000911）上。

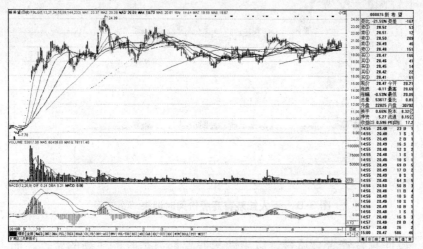

图 3-5　农牧业巨头新希望重组后股价盘整一年多都无动静

北京很多年前有一个说法，即所谓的"京城四大傻"：手机带皮套，吃饭点龙虾，购物上燕莎，饭后去卡拉。由此可见，燕莎友谊商城是一个"死贵死贵"的地方。现如今虽然京城的高档商场如雨后春笋般出现，但这些后起之秀始终还是无法撼动燕莎的江湖地位——该商场的单店利润依然在北京商场中居于前列。

2010 年 9 月 1 日，西单商场（600723.SH，现已更名为首商股份）宣布向首旅集团发行股份购买其拥有的新燕莎控股 100%的股权。资料显示，2007~2009 年，新燕莎控股分别实现营业收入 39.58 亿元、46.47 亿元和 53.79 亿元，年复合增长率为 16.62%；分别实现归属母公司净利润 6 474.89 万元、1.41 亿元和 1.41 亿元，年复合增长率为 47.65%。

国外有沃尔玛上涨了几千倍的案例，国内市场对于百货业也是情有独钟。然而，重组后的西单商城经过 3 个涨停板的发泄后，便重新归于平静，没有人知晓该股将在什么时候迎来"第二春"。

图 3-6　没人知晓首商股份何时迎来"第二春"

或许有投资者会质疑，以上两只股票都只是收购了新的资产，而不是"改头换面"的重组，当然难以获得市场的高度认可。这种说法难免有失偏颇。重组虽然没有"改头换面"，但获得注资后完善了产业链，改善了赢利能力，完全应当获得新的估值。即使是投资者青睐的"改头换面"，如果重组后的概念不具备足够的吸引力，市场依然会对其置之不理。

*ST张铜（002075.SZ，现已更名为沙钢股份）于 2006 年 10 月 25 日上市，并于 2008 年 9 月 1 日成为中小板第一家被ST的公司。因连续三年亏损，公司股票自 2010 年 5 月 7 日起暂停上市，该公司亦成为中小板第一家被暂停上市的公司。

2009 年，公司制订了向沙钢集团非公开发行 11.8 亿股，购买其持有的沙钢集团旗下淮钢特钢有限公司（以下简称淮钢）63.79%股权的重组方案，淮钢相应资产作价 20.96 亿元。随着公司重大资产重组的完成，*ST张铜的主营业务将转变为优特钢的生产和销售。2010 年公司实现营业总收入 12.5

亿元，归属于上市公司股东的净利润为 3.6 亿元。

2011 年 4 月 8 日，重组后的沙钢股份恢复上市，登陆深交所中小板，当天开盘大涨，最高触及每股 12.49 元，收盘于每股 11.7 元，全天涨幅达87.2%。

在这样优异的表现下，沙钢股份接下来的走势却令人大跌眼镜。该股连续大幅下跌，最低跌到了每股 7.12 元，距离该股暂停上市前的收盘价每股6.25 元已经相去无几，而且看不出明显的反弹迹象。这并不是说沙钢股份的基本面不好，或者是大盘的环境不好，而是中国已经过了大举基建、大兴钢铁业、依靠政府投资拉动经济的时代，钢铁股不再是耀眼的明星，很难引起主流资金的兴趣。

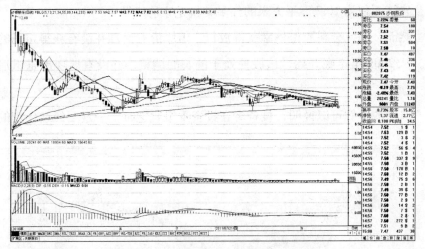

图 3-7　沙钢股份借壳上市后表现疲软

另外需要特别提醒的是，**在众多重组股中，现在看来，最不能碰的当属房地产重组股**。目前政策层面对房地产业的监管非常严格，重要的是中国经过了生育高峰期后，对房产的需求将随之减弱，不大可能重现 2006~2007 年的景气度。一方面政策打压，一方面销售减弱，现在再投资房产股实属不智。

虽然监管部门在 2010 年后就基本没有批准房产企业的借壳上市或者再

融资，但一些在之前就申报了的企业还是获得了放行。

2009 年 3 月，ST 东源（000656.SZ，现已更名为金科股份）重组正式启动，拟以每股 5.18 元的价格定向增发 9.21 亿股，吸收合并金科股份 47.7 亿元资产。这一重组方案在 2009 年 11 月获证监会有条件审核通过，并在 2010 年 7 月经股东大会通过，将重组有效期延期一年。

该公司 2011 年 5 月 27 日晚间宣布，重庆市金科实业（集团）有限公司借壳上市获得中国证监会核准。

初步估计，金科股份在重组完成后，在建、拟建项目储备将超过 1 000 万平方米，主要分布在重庆、成都、无锡、长沙等地。同时，金科股份还在重庆北部新区拥有自持物业，包括建筑面积达 3.6 万平方米的金科大酒店，以及建筑面积为 10.7 万平方米的红星美凯龙家居广场。

然而，即使金科股份侥幸获得放行，但股价方面却并没有获得市场的认同。从 2009 年年底开始，该股便处于漫长的调整，并没有展现出重组后的"一飞冲天"。

以上的案例可以说明，投资者在投资重组股之时，一定要经过仔细的筛

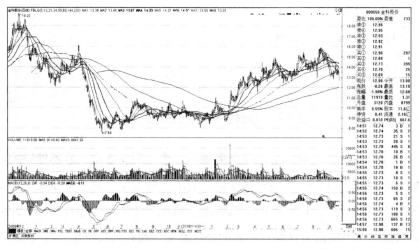

图 3-8　地产股金科股份借壳上市后长时间陷入低迷

选，研究清楚该股重组后是什么概念，市场对此的认可度如何，而不能仅凭一己好恶而作出冲动的决定。与上节中提到的几种概念的重组股相比，其他类型的股票中走出大牛股的概率要小得多，投资者犯不着为这种小概率事件赌上身家财产。

中外资本市场上太多的故事告诉我们，投资最重要的是能够长久、持续地赢利。很多投资者希望一夜暴富，这种情况当然是好的，但问题是暴富之后，投资者该怎么做？会不会把这笔财富原封不动地还给市场，还赔上自己的本金？笔者之所以旗帜鲜明地提出**只做确定性重组股，就是希望找到这样一条路径：大概率、穿越牛熊、持续、稳定、高赢利。**

关注操盘手过往战绩

绝大多数研究报告中，"重组方过往战绩"这一条鲜有提及，要么是因为很少人注意到这一点，要么是因为难以量化而作罢。笔者提出这个考量因素，就是想提醒投资者"强将手下无弱兵"这个道理。"重组方过往战绩"虽然无法量化，但如果悉心揣摩，对于提高在重组股上的战绩将非常有帮助。

"重组方过往战绩"包括两种类型，一种是国企类型，另一种是民企-实际控制人类型。

国企类型是指同一家央企或者地方国企在市场上已经控制了一家或者多家上市公司，后来该企业旗下又有公司实现借壳上市。民企-实际控制人类型是指，同一个民企-实际控制人在市场上已经控制了一家或者多家上市公司，后来此人又运作了公司实现借壳上市。

在这样的背景下，**如果操盘方此前控制的上市公司在市场上是牛股的话，新近借壳上市的公司走牛的可能性也将非常大**。因为他们已经在此前积累了足够的运作经验、市场人脉、资金实力，带着这样既有的优势来运作一家新的公司，毫无疑问驾轻就熟。

中金岭南（000060.SZ）是一家自产铅锌冶炼产品并进行深加工的上市

公司，控股股东是广东国资委[①]旗下的广东省广晟资产经营有限公司。该股基本面在同业中虽然不算特别出挑，但在 2006~2007 年那波牛市中，却是涨幅最大的几只股票之一。这样的涨幅，让投资者记住了广东省广晟资产经营有限公司这样的实力派。

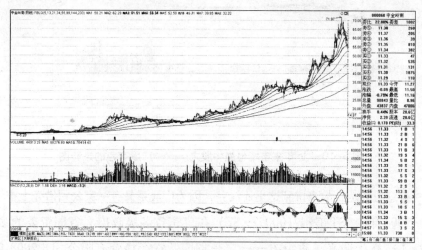

图 3-9　中金岭南 2006~2007 年牛市走势图

2009 年 1 月，暂停上市将近两年的 *ST 聚酯（600259.SH）披露了重大资产重组预案，广晟有色金属股份有限公司（以下简称广晟有色）拟借壳上市，该公司的主营业务是南方重稀土矿的采选。

当时，市场对于稀土矿的认知，并不像后来那么疯狂，但翻看重组预案可以发现，该公司的控股股东是广东广晟有色金属集团有限公司，实际控制人是广东省广晟资产经营有限公司，与曾经的牛股中金岭南是一家人。

抛开其他基本面方面的因素，单纯冲着这一点，投资者就应该对广晟有色多加留意。该公司之后的股价走势也证明，对曾经有着辉煌战绩的广东省广晟资产经营有限公司高看一眼，是完全有必要的。

---

① 国资委：国务院国有资产监督管理委员会的简称。——编者注

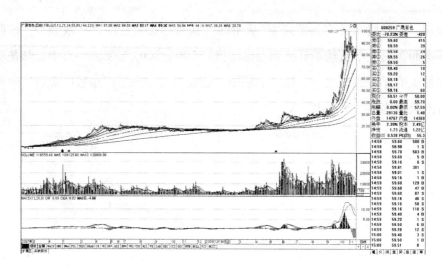

图 3-10 近年来市场最强牛股之一——广晟有色的走势图

有意思的是，故事讲到这里还没完，因为广晟系又有一家公司借壳上市了。

2008 年，*ST 美雅（000529.SZ）在广东省各级政府、省国资委的多方支持下，终于迎来了重组方——广东省广弘资产经营有限公司。2008 年 8 月 31 日，公司审议通过债务重组方案、重大资产出售方案、发行股份购买资产方案。2008 年 12 月 19 日，上述方案获中国证监会批准同意，随后广东广弘控股股份有限公司（以下简称广弘控股）被注入上市公司，形成以肉类食品供应为主、教育出版物发行为辅的业务格局。

2009 年 9 月 11 日，*ST 美雅变身广弘控股后恢复上市，当天的涨幅高达 840%，收盘于每股 8.15 元。但从恢复上市后直至 2011 年下半年长达两年的时间里，该股却一直在极小的区间里盘整，换手率在 2 000% 以上。与之相伴的，是公司不断对市场关于重组注资猜测的澄清。

然而，与广晟系互为依靠的广弘系，这么高超的控盘技巧，难道只是来资本市场"打酱油"的吗？有心的投资者自可期待。

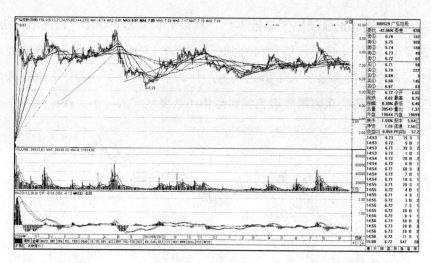

图 3-11　广晟系表亲广弘控股是来"打酱油"的吗？

类似的案例在民企之中亦可常见。比起国企的雄厚实力，民企的剽悍作风也丝毫不逊色，最为典型的当属川中高手阙文彬。

阙文彬曾获得世界经济学硕士学位，营销才能出众。早年，他在成都恩威化工供销科工作，任科长；后相继升任成都恩威世亨制药有限公司销售总经理、成都恩威集团总裁助理、成都恩威集团西安公司总经理、成都恩威保健制药公司副总经理。他曾任恩威制药的第一营销总监，当年创下公司 75% 的销售业绩。之后，阙文彬离开恩威集团，到成都药业琉璃分厂任厂长。

阙文彬单飞后，事业也随着突飞猛进，先后任甘肃陇南中医药研究所所长、北京恒康联合发展公司董事长。1996 年，33 岁的阙文彬时任四川恒康发展有限责任公司（以下简称恒康发展）的董事长和总裁，之后在西藏考察时发现了独一味。1997 年 4 月，恒康发展就出资成立了甘肃独一味药业有限公司。

2008 年 3 月 6 日，主营中药研发、生产、销售服务的独一味（002219）登陆资本市场，虽然在上市之初承受了不少媒体的质疑，但上市首日涨幅依然高达 350%。随后随着大熊市的来临顺势洗盘，但从 2008 年 11 月大盘见底后，该股就真正显现出了枭雄本色，从最低价每股 9.5 元一路高歌猛进，到 2011 年 7 月 21 日，该股已经涨到了每股 78.17 元（复权后），涨幅高达 723%。这个并没有多少人了解到底生产什么药品的公司，为什么涨起来丝毫不比云南白药、东阿阿胶逊色？这恐怕还是要从"人"上面找原因。

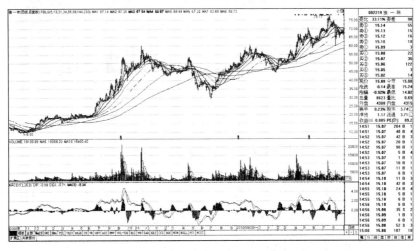

图 3-12　独一味牛熊全景图（复权后）

如果有人认为以上大涨只是借市场好转，只是凑巧的话，那么接下来的案例将提供更多的证明。

2008 年 6 月 14 日，ST 绵高（600139.SH）刊登收购报告书，公司向恒康发展发行不超过 3 908 万股股票，收购恒康发展持有的甘肃阳坝铜业有限责任公司（以下简称阳坝铜业）100% 的股权，注入铜矿资产。后来，该股更名为西部资源。

同在 2008 年上半年，阙文彬竟然同时运作了两家公司上市，这样的能耐，放眼 A 股市场能匹敌者恐怕甚少。

同样，投资者对于西部资源经营的阳坝铜业的情况知之甚少，但这并不妨碍该股在牛途上一路驰骋。从 2008 年的最低价每股 6.71 元开始，该股在 2011 年年初触及了最高价每股 98.31 元，涨幅高达 1 365%。

　　而且，从操盘手法上可以看到，两只股票都很少出现短期内急促大幅的上涨，反而是有条不紊、不声不响地在牛途上踱步。而且该股还通过多次除权，使别人误以为其还在原地踏步，这种不显山露水的操盘手法令人赞叹。

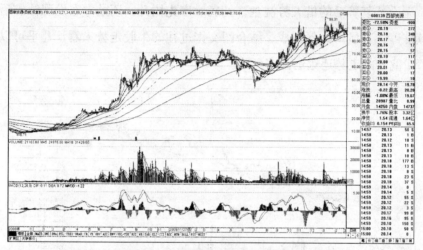

图 3-13　西部资源（复权后）的涨幅尤胜同门兄弟独一味

　　诚然，不少投资者可能会认为，独一味是医药股，西部资源是矿业股，这些概念本来就在市场上比较受欢迎，所以出现大幅上涨的可能性也就很大，这只是巧合而已，不应当过分看重其中"人"的因素。

　　但如果摆在投资者面前的多只股票中，其中一家公司的实际控制人有过多个辉煌牛股案例，想必选择该股的赢面同比要大许多。这也是我们看重过往战绩的原因，就如人才招聘要查看应聘者的履历一样。

　　资本市场总是不缺乏想象，"巧合"的是，市场第三次出现了检验阙文彬操盘能力的机会。

　　2010 年 5 月 18 日，破产重整停牌 5 个月的*ST偏转（000697.SZ）公布重组方案，钼矿企业陕西炼石将借壳上市。作为陕西炼石的一致行动人，中路集团出资 1.1906 亿元，以每股 2.20 元的价格获得此前咸阳市国资委持有的*ST偏转 5 402 万股国有股。而阙文彬掌控的恒康发展，则在陕西炼石重组前夕"火线"入股。2009年12月，恒康发展出资1.3亿元，获得陕西炼石16%股权，由此成为其重要的战略投资者。

作为一致行动人，阙文彬的操盘思想无疑将在*ST偏转的走势中得到体现。无论是复牌后的借大势洗盘，见底后率先拉升，还是宣布发现铼矿后的连续涨停，都显得一气呵成。结合阙文彬过往的牛股走势来看，几乎可以肯定*ST偏转的走势还远远没有到头。

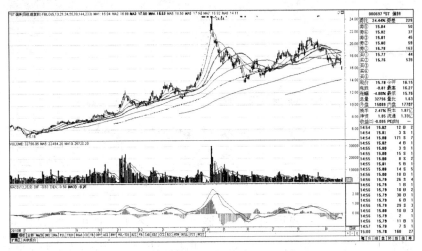

图3-14 *ST偏转股价的起承转合有板有眼

连夜排涨停的技巧

严格地说，看到重组预案后连夜排涨停买股票，并不是本书所讲的重点。这是因为，普通投资者在涨停榜上抢股票没有任何优势。但是，如果凑巧真的买到了的话，面对数个"一字涨停板"，那将是闭着眼睛发财的好事，所以有必要跟投资者讲一下买涨停板的方法。

每天收盘之后，证券公司都会对当天的交易进行结算，将数据传送到中国证券登记结算有限责任公司。结算完毕后，客户就可以提前挂单购买次日的股票，等到次日开盘集中竞价时撮合交易。各家证券公司结算完毕的时间各不相同，早的可能是五六点，晚的要八九点，但一般在凌晨12点前都会结算完毕。

因此，投资者有必要首先熟悉自己开户的证券公司一般结算时间是什么时候，然后踩着点去挂单。如果排名在前10位的话，可能会有希望挂单成功。因为按照交易规则，有价格优先、时间优先两种，大家挂的都是涨停板价格，所以主要是看时间优势。然而，现实总是有很多无奈。为了搞好与资金量大的客户的关系，证券公司的营业部往往会做手脚，悄悄把大户的排单放到最前面，甚至直接跟大户沟通好，一结算完毕就替他挂上去。

但对于所有的证券公司而言，哪家能最先将报单递进交易场所，却是随机抽取的，每次都不尽相同，所以买涨停很大程度上要看运气。

除了提前挂单外，证券公司的交易通道还分为快速通道和普通通道两种，机构席位和大户往往能够使用快速通道，普通投资者只能挤在普通通道里，这也使得普通投资者在这种争分夺秒的较量中相对落后。

但值得注意的是，**排涨停也还是要看重组后的股票的价值，尤其是在已经有了几个涨停板之后**。如果里面的资金感觉已经到了他们认为合适的价格，或者是大盘的情况不乐观，他们很可能在涨停板上出货。反映到盘面上是，一字涨停的过程中，突然一笔大单砸下来，然后股价呈直线式下跌，所有在涨停板上挂的买单悉数成交，悉数被套，这将使得买入者非常被动。

但从市场心理来看，由于同时在排队的还有很多实力资金，他们被套后，往往会有自救动作，或是当天就把股价回拉至涨停，或是第二天有一个冲高的动作。但这个冲高很可能达不到前一个交易日涨停的价格，不愿意继续持股的投资者应当趁这个机会迅速斩仓出局，如此一来，仅仅是稍微亏一点而已。不然，等到实力资金借机出局之后，股价继续在低位盘整完全是大概率事件。

需要提醒大家的是，以上只是针对短线进出而言。如果放到中长线的视角看，短期调整并不意味着什么，只要概念合适，后市走出牛股同样很有可能。

总的说来，如果投资者对于在涨停板上排队有兴趣，最好能够有交易速度相对快捷的通道，也应准备类似"level-2"的行情软件，这样既可以看到十档行情，又可以看到每一档价位上细分的排单。这样，在挂涨停板的时候，投资者就可以看到是大单在买，还是零碎的小单在买，以及按照正常的速率自己的挂单是否有希望成交，既可以节省时间，又可以提高自己的敏感度。

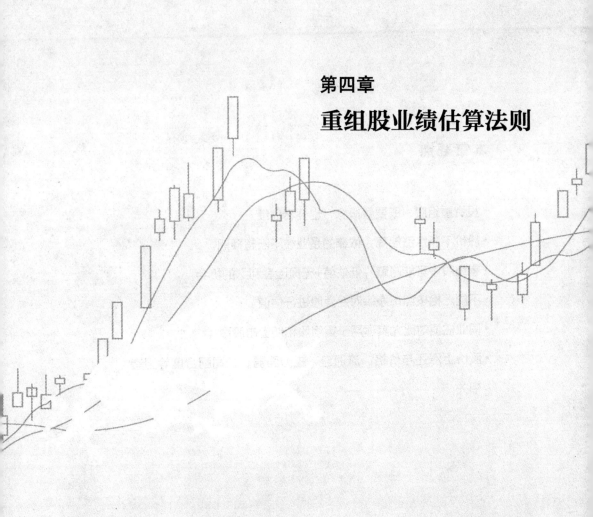

第四章

重组股业绩估算法则

- 投资重组股，既要看概念，也要看业绩

- 股价不断水涨船高，依靠的是业绩不断超预期

- 重组股中可能隐藏"低估值+无风险套利"的机会

- 不能严格按照市净率对资源股进行估值

- 同业估值对比尤其适用于重组股和新上市股票

- 股价上涨还与价格、流通盘、主力强弱、公司配合度等因素

  相关

重组后的业绩估算

上一章主要是从概念的角度分析是否可以操作某只重组股，以及操作的可行性。但这些还只是停留在概念层面，**投资需要两条腿走路**，还有必要从业绩方面对重组后的股票进行评估。

首先，要看公司实现的业绩，对比股价处于什么样的市盈率水平，与同业公司相比是高还是低。如果没有达到同业的估值水平，就有很大的投资价值。其次，还要对公司的情况密切跟踪，重组股的魅力之一就是业绩很可能持续超出预期，从而推动股价走向更高的位置。

业绩的快速发展，可能原因包括国家政策的大力扶持和补贴、企业不断的收购兼并，以及消费品市场的长期繁荣等。存在上述几种情况的股票，很可能走出长牛的行情。

我们可以先研究一只最为知名的股票——贵州茅台（600519.SH）。

2001年8月，贵州茅台上市当月收盘价为每股37元，上证指数为1 834点。此后，股价随大盘一路下跌，在2003年9月创下历史最低价每股21.24元。2003年9月到2005年6月，当上证指数跌破1 000点的时候（跌幅近30%），贵州茅台的价格复权计算却上涨到每股71元，并在2005年8月涨到每股100元（此时，上证指数为1 200点）。2001年年底，贵州茅台市值为96

亿元，相当于 30 倍市盈率；2002 年市值近 70 亿元，市盈率降低到 20 倍；但 2003 年，其净利润陡增到 5.86 亿元，市值升到 76 亿元；2004 年，其净利润 8.2 亿元，市值 144 亿元；2005 年，净利润 11.2 亿元，市值 215 亿元。

由此看来，尽管股市下跌，贵州茅台的估值也在降低，从 30 多倍市盈率降到 20 倍，但由于净利润上升，股价仍不断上涨。这说明，业绩才是决定股价能走多远的最重要因素。

当然，贵州茅台能有这样的业绩，是由多方面因素决定的。想要在现在的市场中找到下一个贵州茅台，是很困难的事情，但从长期来看，业绩决定股价还是没错的。投资者虽然不一定要将一只股票持有很长时间，但这种选股逻辑还是应当遵循，也相对可靠。

A 股市场有一种很奇特的现象，就是新股发行往往能超募很多现金，上市首日也经常被爆炒，导致股价一步到位后进入漫漫下跌周期，投资者也因此损失惨重。

但是重组后复牌的股票，由于每天都有 10% 或者 5% 的涨幅限制，一连几个涨停后，股票里面的获利盘就会出现迫切的兑现欲望，从而导致股价还没有达到合适的价值就打开了涨停板。而此时，市场对它的认识也不是很到位，不确定合理的估值是多少，这导致很多资金处于观望状态，迟迟不肯出手。因此，细心的投资者只要对该股的估值有着清醒的认识，完全可以趁着这个机会"人弃我取"，坐等价值回归。这也是做重组股的要义和乐趣所在。

股价不断水涨船高，依靠的是公司业绩不断超预期。其中的经典案例，莫过于大牛股三安光电（600703.SH）。

2008 年 7 月，三安光电借壳 ST 天颐上市成功，成为首家成功借壳上市的厦门企业。三安光电是目前国内最大的超高亮度 LED 外延及芯片产业化基地，主要产品为全色系 LED 外延片、芯片、光通信核心元件等，系国家科技部圈定的国家半导体照明工程龙头企业，目前的产能在国内占 58% 以上，居全国第一位，在亚太地区（除日本外）排名第 4 位。当时该企业拥有

14 台国际先进的 MOCVD 及配套设备，具备年产外延片 45 万片，芯片 150 亿粒的生产能力。

2007 年，三安光电实现净利润 8 419.1304 万元，2008 年实现净利润 5 205.05 万元，但因为 2007 年是重组收益，所以不具有可比性。2009 年，公司净利润达到 18 015.11 万元，同比增长 246.10%；2010 年净利润 41 926.50 万元，同比增长 132.72%。

由于业绩一直超预期增长，三安光电的股价也随之出现惊人的涨幅，期间更有多家知名券商机构研究员发布报告，对该股作出非常乐观的评价。如某券商研究员发布《多方借力破茧化蝶，让我们共同见证世界级 LED 企业的诞生，上调目标价至 99 元》的调研报告，更是将这场狂欢推向高潮。

在业绩和股价高增长的同时，三安光电还不失时机地推出高送转，2009 年年报实行 10 转 10，2010 年更是大比例地 10 转 12 派 2，使得股价的涨幅不显得过于突兀。如果复权来看，该股股价已经非常惊人。

现在是回望该股的涨幅，但在此之前，投资者可以根据 LED 产品的市场前景，公司有多少台机器，每台机器的生产能力，每个产品的市场价格，大致推测出公司当年、当季的业绩，从而对该股的股价有一个明智的判断。

实际上，像万科、苏宁电器这样的长线牛股，也是依靠常年业绩一直超预期获得投资者认可的。

2007 年，仁和药业（000650.SZ）借壳 *ST 九化上市，随后展开了一系列的并购，实现了超常规发展。公司先后参与江西制药有限责任公司（以下简称江西制药）改制重组，受让江西制药 75% 以上股权，收购大股东仁和集团旗下包括江西闪亮制药公司在内的核心资产，以不低于每股 18.36 元的价格定向增发不超过 5 000 万股，募集资金约 9 亿元，主要用于收购 4 家制药公司股权。随着并购的发展，公司 2008~2010 年业绩也快速发展，分别达到 12 762.57 万元、16 872.00 万元、21 953.10 万元，股价也随着这种超预期的业绩一路水涨船高。

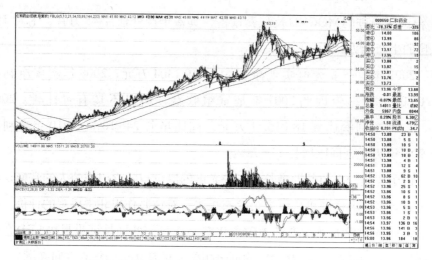

图 4-1　仁和药业业绩随着并购实现超常规发展

如果说三安光电这种牛股，是借助了LED市场的快速发展，以及国家政策的大力扶持；仁和药业这种牛股，是通过不断收购兼并，实现规模和业绩的迅速扩张的话，那么梅花集团（600873.SH）则是日常消费品走出长牛的经典案例。

2009年4月，梅花集团宣布借壳五洲明珠上市。通过此次交易，五洲明珠的主营业务向味精、氨基酸、复合肥等生物发酵领域整体转型。重组后的上市公司将被打造为横跨基础化工、传统农业深加工、高端生物技术三大产业范畴的中国生物发酵领域的龙头企业。2006~2008年，梅花集团实现的销售收入从21.31亿元增长至41.13亿元，年平均增长率为46.5%。

投资者仔细研究重组预案后可以发现，本次重大资产重组完成后公司的总资产由8.23亿元变为54.39亿元，增幅达561%；总股本由1.08亿股变为10.08亿股，增幅达833%；主营业务收入由8.66亿元变为41.18亿元，增幅达376%；基本每股收益由0.074元变为0.605元，增幅达718%。

从公司现有的资产状况及其过往的增长速度来看，未来达到30%~45%的增速是有可能的。因此，可以预计本次重组后公司2009年、2010年每股收益分别为 0.625 元、0.67 元。假定给予 2009 年 20 倍合理市盈率，合适的股价应在每股 12 元以上，所以当时梅花集团股价回调到每股 10 元左右，完全具有买入的价值。

实际上，根据公司后来披露的财务数据，2009 年、2010 年每股收益分别达到 0.69 元、0.78 元，超出了市场的预期，并进一步推动了股价的上涨。

如果投资者在重组之初就能够算清楚这笔账的话，完全可以持有该股，并等待披露财务数据后再一一验证。由于该股业绩表现持续超预期，所以就没有必要急于抛出。

在评估公司业绩时，还有一种特殊的情况，那就是公司对于未来的业绩或股价作出了承诺，只有达到了一定的股价，公司才能完成某些非常重要的资本运作，因此往往会不遗余力地维持股价。如果股价低于这个价位，就有套利的机会。

在重组股的估值中，攀钢钒钛（000629.SZ）反映了市场中一类"低估值＋无风险套利"的机会。这种机会在市场中间有可能出现，对于追求确定性收益的投资者来说，其无疑是一个天赐的良机。

2009 年 5 月，攀钢钒钛实施重大资产重组：通过攀钢集团及其关联方发行股份购买资产，同时换股吸收合并攀渝钛业和长城股份。该方案中包括两次现金选择权：2009 年 4 月，攀钢钒钛、攀渝钛业及长城股份的股东可分别申报行使首次现金选择权；首次未申报首次现金选择权的有选择权股东自动获得第二次现金选择权，并可于两年后，即 2011 年 4 月 25 日至 2011 年 4 月 29 日期间行使第二次现金选择权。其中，攀钢钒钛第二次现金选择权的行权价格为每股 10.55 元。

从重组方案中还可以了解到，未来公司将转型为矿产开发及钒钛综合利用的资源类企业，将新增胡家庙子铁矿及金达必、卡拉拉矿，形成攀西、东北、澳大利亚三大矿产基地，由此成为国内铁矿石储量最为丰富的上市企业，可谓是中国的"必和必拓"。而且为此次重组提供现金选择权的鞍钢集团，是我国最大的黑色冶金矿山企业，其承诺在重组完成后 5 年内将其注入公司。从资产质量来看，机构研究员大致给出了公司 2011~2013 年 EPS（每股盈余）分别为 0.41 元、0.94 元和 1.03 元，对应的市盈率分别为 29.9 倍、13.0 倍和 11.9 倍。

市场上一直都有一种短视化的情绪，对于未来，由于担心违约，以及等待的时间成本较高，往往不敢给予其合理的估值。纵观攀钢钒钛的股价走势，从 2009 年 5 月开始，该股便一直在每股 7.73~8.5 元的价格区间内窄幅波动。

该股未来存在两种可能，一是股价涨不上去，鞍钢集团最终以每股 10.55 元的价格收购投资者手中的筹码，这将耗费数百亿元现金，对于任何人来说都不轻松；二是股价突破每股 10.55 元的底线，投资者股票获利，鞍钢集团省下数百亿元，皆大欢喜。在这两种"冰火两重天"的可能性下，操盘手当然会作出有利的选择。

果然，2010 年 10 月，借助市场好转和矿产资源涨价的概念，攀钢钒钛股价一飞冲天，一举突破了每股 10.55 元的关键价格。

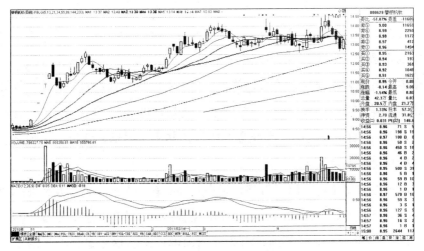

图 4-2　攀钢钒钛的无风险套利战法

实际上，攀钢钒钛涨过每股 10.55 元绝不是一个偶然事件，而是操盘手借助大势巧妙地实行突破。即使没有这一轮行情，也必将有其他的方式实现股价上涨。

这种情况并非个案，而是在市场上大量存在着。随着增发等资本运作在市场上越来越多，运作方对于价格的维持也就越来越在意。投资者只要能够记住这些关键价位，就完全可以提前埋伏，坐待拉升。我们可以举另一个例子证明股价上涨的必然性。

2007 年 9 月，万向钱潮（000559.SZ）披露了拟公开增发的公告，本次公司增发的数量不超过 1.5 亿股（含 1.5 亿股），本次增发募集资金的投向为：等速驱动轴总成固定资产投资项目和汽车轮毂单元固定资产投资项目。其中等速驱动轴总成固定资产投资项目投资总额为 194 372 万元；汽车轮毂单元固定资产投资项目投资总额为 180 776 万元，合计为 375 148 万元。后来由于市场环境不好，公司决定延长该方案决议有效期限一年，期限延长至 2009 年 10 月 15 日。

2009 年，公司修改了增发股数和募投项目，增发的数量改为不超过 2 亿股（含 2 亿股），增发募集资金拟投资于"新增年产 840 万支等速驱动轴总成固定资产投资项目"。一直到 2010 年 3 月 8 日，该项目才拿到证监会的批文。

然而，当时市场环境仍不理想，股价长期在每股 8 元左右徘徊，即使按照上限发行 2 亿股，也只能募集 16 亿元左右的资金，离需求还有不小的差距。

然而"奇迹"发生了，2010 年 3 月底 4 月初的 5 个交易日内，该股区间涨幅接近 40%，机构狂买超 3 亿元，走势一向平缓的万向钱潮顿时成为市场焦点。关于该股的利好也在市场上频频流传：汽车动力电池生产基地建成，公司已收获上海世博会订单，国家电网公司、中国石油化工集团公司（以下简称中石化）目前积极与公司洽谈合作，德国宝马公司最近来公司考察，公司目标是电动汽车公司。

紧接着，万向钱潮披露了增发招股意向书，公司拟以每股 9.29 元公开
增发不超过 2 亿股，募资不超过 18.58 亿元。此次募集资金将全部用于新增
年产 840 万支等速驱动轴总成固定资产投资项目，该项目计划投资总额为
19.4 亿元。这样一来，增发募集的资金就几乎完全可以覆盖掉项目建设的
成本。

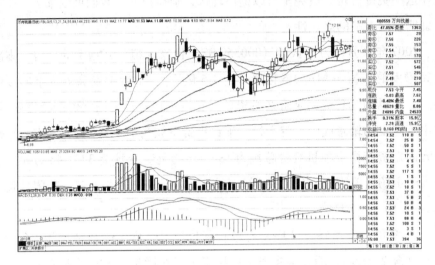

图 4-3　万向钱潮股价奇迹般暴涨，最终达到了增发的目的

这些故事是巧合吗？在公司与各路资金达成默契之后，天时地利人和，
股价便乘势而起，任何利好解释都只是适时寻找的借口而已。因此，投资者
一定要明白，在这个市场上，你所看到的东西，或许只是别人希望你看到
的，背后还有许多真相，需要自己周密而富有逻辑的分析。

以上这些案例，都是对公司进行估值（或者是项目所需资金的估值），
如果认为股价尚未到达合理估值，投资者可以耐心等待，终将守得云开见月
明。需要强调的是，上市公司公告是一切权威信息的发布点，投资者只要多
加留心，处处都是获利的好机会。

全方位资产评估

资源股是 A 股市场最大的看点之一，然而对于这一类资产的估值，却是众说纷纭，这也导致了资源股容易出现大起大落。

一直以来，市场都在呼吁以市净率来核算上市公司资产，高的时候可以给予 5 倍左右的市净率，低的时候只能给予 1~2 倍。市净率的计算方式是用股票价格除以每股净资产。

按照 2011 年一季度上市公司财务数据计算，宝钢股份、马钢股份、鞍钢股份等 5 只钢铁股的股价低于其一季度的每股净资产；河北钢铁、韶钢松山等也处于破净边缘；另外，晨鸣纸业、华北高速同样随时可能破净。

虽然有说法是，随着破净股大面积出现，大盘也将见底。但越来越多人认识到，钢铁板块往往是破净急先锋。这主要还是由行业因素造成的。随着大规模城市建设告一段落，钢铁行业的发展前景本身并不乐观。

在笔者看来，市净率在极端环境下有一定的参考意义，而且在成熟的市场要有价值得多。但对于 A 股市场而言，如果严格按照这个标准来操作的话，投资者将会面临没有股票可买的尴尬场面。

因此，投资者可以适当放宽标准，按照其他的方式来操作。首先，要分析资源股的资源储量、可供开采量，假设资源全部开采出来，与当前的价格相乘，得出总价值的数目，然后按照 20 年进行分摊（一般资源开采时长为 20 年），就可以得出其每年平均的赢利情况；其次，还需要研究资源开采的难易程度、毛利率等情况；此外，如果大股东还有未注入上市公司的资产，投资者还要估算大股东资源的储量，以及注入上市公司的可能性和时间点。因为股市炒的就是预期，资产注入往往是长盛不衰的话题。

由于周期类股票固有的价格弹性，加上国际期货市场的推波助澜，很容易形成大起大落的局势，这些对 A 股市场的资源股有着很大的影响，往往形成齐涨共跌的局面。投资者如果能踏准节奏，便可以获利不菲。

资源股方面，我们可以以 2010 年以来最为火暴的银为例进行分析，其中涉及的重点个股是 *ST 威达（000603.SZ）。

2011 年 5 月份，纽约商品交易所交割的期银价格每盎司上涨 1.056 美元，报收于每盎司 40.608 美元，涨幅为 2.6%。在常规交易收盘后，期银价格触及每盎司 40.78 美元，创下自 1980 年 1 月份以来的最高水平。数据显示，从 2011 年年初到 4 月份，流入白银上市交易基金的资金高达 3.6 亿美元左右。金属研究机构黄金矿业服务公司（GFMS）预计，2011 年白银工业需求可能较去年的 4.874 亿盎司增加 4 000 万盎司。分析人士认为，工业需求增加和投资者对西方市场的担忧情绪可能会继续推高白银价格，并吸引更多投资者买入。

2010 年 5 月，以医疗器械生产、销售为主业的 *ST 威达公布了重组初步方案，拟注入银都矿业部分资产。如完成资产置换，其将持有银都矿业 62.96% 的股权，后者银矿业务收入占总收入比重的 49% 以上，2007~2009 年平均综合毛利率达 85% 以上。

如果说以上只是对资产的一个大致印象的话，那接下来我们可以详细分析公司的资产状况。

根据公告披露的信息，从矿山的质量来看，银都矿业资源为银多金属矿，矿石中含有银、铅、锌三种金属元素。根据原始地质详查报告，矿山储量银 3 961.25 吨、铅 424 499.57 吨、锌 901 066.93 吨。按单一元素计，根据国家矿产资源储量规模划分标准，银的储量达到大型矿山标准，铅的金属储量达到中型矿山标准，锌的金属储量达到大型矿山标准。

毛利率是衡量公司"质地"好坏的一个重要指标。 银都矿业各种矿产的毛利率非常惊人，2007~2009 年的毛利率分别为 90.83%、88.74% 和 84.33%。从公司披露的财务数据看，生产成本对其利润的影响不大，而销售价格与销售量是影响其利润的主要因素。1 吨原矿，企业可实现销售收入约 1 300 元，银都矿业拜仁达坝银多金属矿实际采选 1 吨原矿的成本约为 200 元，采选 1 吨原矿的利润为 1 000 多元。因此，银都矿业拜仁达坝银多金属矿的赢利能力处于国内有色金属行业较好的水平。

根据公告介绍，2009 年度银都矿业净利润为 3.86 亿元，2010 年度净利润将增至 4.08 亿元。而随着银都矿业年产 90 万吨采矿权的获批，其赢利能力将进一步提升，账面资产价值有望进一步攀高。与此同时，其他矿业资源在适当的时机也会注入上市公司。

此外，重组方还对前三年业绩作出承诺，即银都矿业 62.96% 的股权 2011 年度实现的净利润不低于 2.20 亿元；2011 年度与 2012 年度累计实现的净利润不低于 4.39 亿元；置入资产 2011 年度、2012 年度和 2013 年度累计实现的净利润不低于 7.72 亿元（上述承诺净利润数为扣除非经常性损益后的净利润）。

正是以上惊艳的财务数据，使得 *ST 威达成为国内"白银第一股"。白银价格的大幅上涨，也就理所当然地将公司股价推到令人吃惊的高度。

方案中的预估采用 2007 年、2008 年、2009 年三年市场平均价，铅锭每吨 16 823 元、锌锭每吨 19 479 元、银每公斤 3 487 元，折合精矿含金属不含税价分别为：铅每吨 11 830.25 元、锌每吨 13 379.49 元、银每公斤 2 365.98 元。但从公告之日起一年内，白银价格已经涨了将近 90%，而铅锌的价格基本和公告当时的取值相当。从资产增值的角度计算，假设白银可以在目前的价格基础之上上涨400%，铅锌可以在目前的价格基础上上涨100%，则此次置入的资产预估值将增长至120亿元左右，按照10倍市净率计算对应的总市值为1 160亿元，对应股价为每股232元。

以上是较为乐观的估计，但如果资产价格持续上涨的话，也并非是不可能之事。实际上，对于资源股、化工股等周期性股票，尤其是在国际期货市场还有交易的品种，都应该按照价格进行评估。

因此，资源股其实是一种相对较好估值的品种，其他种类很可能就有点"雾里看花"了，其中最为隐蔽的当属军工股。

2010年10月22日，中航精机（002013.SZ）公布重大资产重组方案，将采取定向发行股份购买资产的方式，购买与航空机电系统业务相关的7家标的公司股权。这7家企业业务涉及航空机电系统中的机载悬挂发射控制系统、航空燃油测控系统、航空发动机点火系统、航空航天机载设备系统、飞机电源系统、机载液压系统、无人机发射系统等多个子系统。截至2010年8月31日，7家标的公司的资产评估值合计为371 737.22万元。

虽然不能披露每种产品的具体产量和价格，但整体上来看，本次注入的7家公司2009年的净利润约为3.3亿元，中航精机2009年的净利润约为0.3亿元。拟注入资产的净利润规模约是现有资产利润规模的10倍。公司资产重组完成后，总股本约4.18亿，公司每股收益应该有0.8~0.9元。此次重大资产重组使公司业绩实现了跨越式成长。

值得注意的是，中航机电公司还有航宇公司、新乡公司、金城公司等规模较大的资产没有实现资产证券化，公司后续资产注入的预期依然强烈。

一般而言，军工股的估值可以达到30~40倍的市盈率，换算下来股价可以达到每股30~40元。因此，当股价低于这个价格的时候，就具备投资价值。随着未来国家在军工方面的投入越来越大，军工企业业绩和股价也将水涨船高。

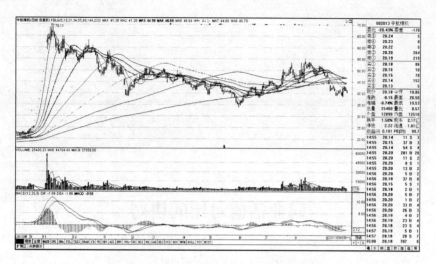

图 4-4　军工股中航精机的价值面临重估

　　军工股的好业绩并不是只存在于想象中，而是实实在在看得见的。以 2007 年重组成功的中国船舶（600150.SH）为例，在 2006 年 12 月初完成控股权划转时，其股价仅为每股 20 多元，在发布重大事项重组前也不到每股 40 元，但之后随着重组的一系列措施的实施，出现了持续上涨行情，直到 2007 年 10 月份创出了每股 300 元的高点才告结束。虽然其行情与当时良好的市场状况有关，但其重组后业绩的大幅上涨应是支撑其股价上涨的基本因素。数据显示，该公司基本每股收益 2006 年为 2.63 元，2007 年重组当年即达到 5.53 元，2008 年更达到了 6.28 元。

同业估值对比的诀窍

"同业估值对比"很容易理解，就是指拿目标公司与同行业的其他公司进行比较，然后得出该股的合理价格应该是多少，从而指导自己的操作。这是一种对股价进行估值的重要方法，**不仅是重组股，其他平稳期的公司，甚至是新上市公司，都可以用这种方式来估值**。很多分析师就是用这种方式来进行研究，得出的结论大多也具有说服力。因此，在大多数研究报告中，同业估值对比都是重要的一环。

在进行同业估值对比时，首先要看对比公司的总股本、流通股本的情况；其次是各自的市场占有率；最后是各自的毛利率、利润率、净利润情况。简单地说，如果A公司的净利润是B公司的1倍的话，那么理论上来讲，A公司的总市值也应当是B公司的1倍。但由于总股本之中，有很大一部分股份是大股东持有，短期内不能流通，所以往往还要参考流通股本的情况，流通股本越小，股价越有上涨的可能。

由于重组后的股票相当于新的股票，所以我们可以先用一个新股案例进行分析。

2010年3月23日，专注于住宅精装修领域的亚厦股份（002375.SZ）上市，发行价为每股31.86元，其当天上涨23.51%，收盘于每股39.35元。

目前在住宅装修领域，国内市场上一共有三家上市公司，分别是金螳螂（002081.SZ）、亚厦股份和稍早一点上市的洪涛股份（002325.SZ）。亚厦股份上市的当天，其每股股价、总市值、流通市值分别是 39.35 元、83.03 万元、20.86 万元。金螳螂和洪涛股份的每股股价分别是 37.16 元和 32.87 元，总市值分别是 118.61 万元和 49.31 万元，流通市值分别是 105.81 万元和 17.63 万元。从公司整体实力来看，排名第一的当属金螳螂，亚厦股份和洪涛股份分居第二和第三位。

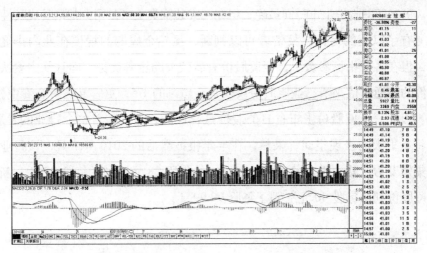

图 4-5　金螳螂股价在 2010 年 3 月~12 月期间走势如虹

再来分析亚厦股份的财务数据。根据公司上市后很快就披露的 2010 年半年报，公司 2010 年上半年实现营业收入 18.65 亿元，同比增长 82.89%；实现归属母公司股东的净利润 1.05 亿元，同比增长 103.97%；每股收益为 0.50 元，符合市场预期。净利润大幅增长主要缘于营业收入的大幅增长以及期间费用率的降低。公司预计前三季度归属于上市公司股东的净利润同比增长 60%~90%。

从财报中还可以看出，上半年亚厦股份收入同比增长 82.89%，在三家装饰上市公司中增速最快（金螳螂和洪涛股份分别为 46.00% 和 25.67%）；毛利率为14.93%，虽较2009年同期略降0.11个百分点，但仍高于2009年全年0.09个百分点；期间费用率仅为2.41%（超募资金带来的财务费用下降优势明显），显著优于金螳螂的5.38%和洪涛股份的3.64%；净利润率为5.64%，继续居装饰三杰之首（金螳螂和洪涛股份分别为4.88%和5.44%）；在每股收益方面，亚厦股份是0.57元，金螳螂和洪涛股份分别是0.37元和0.23元。

从上述分析可知，公司上市后带来的资金、品牌效应对公司快速推进跨区域扩张、提高工厂化生产配套能力有极大帮助，使其接单能力不断增强。因此，虽然亚厦股份上市时间最晚，但在三家装饰类上市公司中却最具成长性。

有了以上的对比，投资者可以判断，虽然金螳螂的规模在业内排名第一，但在各个指标参数上，亚厦股份有着较大的竞争优势。而且从主要决定股价的流通市值来看，亚厦股份仅仅是金螳螂的1/5，更容易被资金看中。

因此，亚厦股份上市首日的股价是合理的，而且随着整个行业的发展，还将有很大的表现空间。果然，在半年报披露后的2010年7月，该行业股票集体发力，其中作为龙头股的金螳螂从每股28元涨到了每股77元，新秀亚厦股份则从每股40元涨到了每股99.99元。

图4-6　同一时期内亚厦股份的表现与金螳螂异曲同工

作为新上市的股票，经历了将近一年的攀升后，亚厦股份在资本市场的表现抢眼。而对于那些刚刚借壳上市的新来者而言，通过与同业公司对比，同样可以发现不少的机会。对比的方法，主要也是观察市场占有率、赢利能力、毛利率、净资产收益率等指标，同时还要参考商品在期货市场的走势情况。

2010 年 12 月 31 日，*ST黑化（600179.SH）公布重组方案，公司拟以全部资产和负债与厦门翔鹭化纤股份有限公司（以下简称翔鹭化纤）持有的翔鹭石化股份有限公司（以下简称翔鹭石化）等值股份进行置换。翔鹭化纤受让黑化集团所持有的*ST黑化 12 717 万股股份。在资产置换的基础上，*ST黑化以新增股份对翔鹭石化进行换股吸收合并。翔鹭石化的股东（*ST黑化除外）所持有的翔鹭石化股份全部转换为*ST黑化的新增股份，而*ST黑化主业也由原先的炼焦和煤化工变为PTA（精对苯二甲酸）产品的生产销售。位于厦门的翔鹭石化是我国PTA龙头生产厂商，预计 2012 年新项目建成投产后，翔鹭石化的PTA产量合计将达到每年 300 万吨，产品主要销往国内纺织需求最强烈的江苏、浙江等地。

目前，在A股里主业是PTA的公司还有借壳ST光华的恒逸石化（000703.SZ）。该公司已经完成借壳上市的全部程序，其核心业务就是PTA。其控股子公司逸盛石化在宁波有两套PTA装置，设计年产能为 106 万吨，改造后可达 140 万吨。参股公司逸盛大化在大连有一套PTA装置，设计年产能为 120 万吨，改造后可达 150 万吨。荣盛石化（002493.SZ）则与恒逸石化一起，共同持有逸盛石化和逸盛大化两家公司的股权。两家上市公司的产能都差不多。

查询财务数据可知，荣盛石化 2010 年净利润是 153 657.39 万元，比*ST黑化只高出 3 000 万元不到。重组后*ST黑化差不多有 19 亿股，荣盛石化有 11 亿股，不过两者流通股本差不多，都是 1 亿多股。

截至 2011 年 8 月，荣盛石化的市盈率是 12.5 倍，恒逸石化的市盈率是

20倍，而*ST黑化仅有10倍左右。而*ST黑化将是国内规模最大、技术最先进、赢利能力最强的PTA企业，因此，从享受估值来看，应该给予一定的预期，所以至少得向恒逸石化的20倍市盈率看齐，初步估价应当值每股20元。然而在2011年8月，其每股股价还在10元徘徊，具备较大的上升空间，这也是这个时间段投资该股的逻辑所在。

类似可供对照估值的公司有很多，考察的角度越多，对于认清楚股票的投资价值就越有帮助。与*ST黑化同一时期重组的ST甘化（000576.SZ），就是一只很有对比性及投资价值的股票。**但要特别注意的是，龙头企业享有更高估值的资格，投资者不可简单认为其他公司也应与龙头有同样的估值溢价。**

2011年2月15日，ST甘化宣布拟以每股6.78元的价格非公开发行股份12 000万股，非公开发行的对象为潜在的公司控股股东德力西集团有限公司（以下简称德力西）。此次募集资金总额预计为8.1亿元，扣除发行费用后，实际募集资金约为7.9亿元。募集资金将主要投向LED外延片生产项目和酵母生物工程技改扩建项目，投资资金分别为6亿元和1.9亿元。

根据增发方案，ST甘化投资LED外延片生产设备MOCVD20台，总投资额约为7亿元，其中募集资金投入6亿元，自筹资金投入1亿元。据初步估算，该项目建成达产后年营业收入可达9.6亿元，年净利润可达到1.3亿元，投资内部收益率为17.47%，静态投资回收期为6.33年。

以上其实是保守的说法。2011年5月，德力西与江门高新开发区管理委员会签订了总投资为38亿元的LED外延片、芯片项目。首期项目将在交地后6个月内动工建设，两年内竣工投产，项目总投资38亿元，计划购置100台MOCVD设备及部分芯片生产线。

LED外延片方面的龙头企业是三安光电，预计其2013年年底达到200台MOCVD设备的规模。一台56片产能MOCVD设备正常运转一年可带来1 000万元左右的净利润，分析师预计2011年、2012年、2013年LED主营业务（芯片加封装应用）贡献每股收益 0.60 元、1.15 元、1.55 元。如此算来，ST甘化的净利润大概是三安光电的一半左右。

另外，ST甘化增发后的总股本为 4.43 亿股，流通股本为 2.56 亿股，总市值约为 44 亿元；三安光电总股本为 14.4 亿股，流通股本为 9.83 亿股，总市值约为 200 亿元。如此对比看来，ST甘化的估值应当是三安光电的一半左右，即达到 100 亿元，距离当前市值还有 1 倍多的空间。

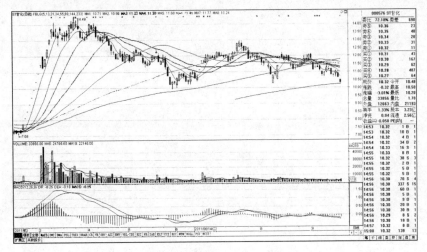

图 4-7　ST甘化的估值应当是三安光电的一半

但需要特别指出的是，在同行业公司之间进行估值对比，只是提供一个参考，不能过于拘泥于此，死守着等待认定的价格。**同业公司中某只股票股价涨得很高，可能还与股价、流通盘、主力性格、管理层配合度等很多因素相关，而这些往往是秘而不宣的。**所以，当看到一只股票涨起来，赶紧去买同业的另一只股票，不见得一定会赢利。

但对于确定性重组股来讲，当与同业股票估值差距较大时，向上回归是大概率事件，因为这其中包含了主力意愿等多种"给力"的因素。

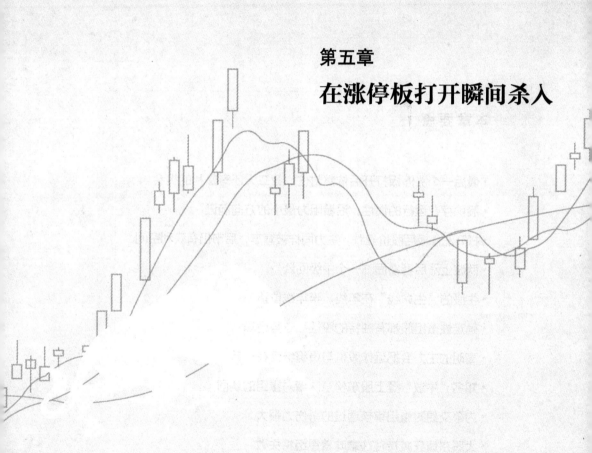

第五章
在涨停板打开瞬间杀入

- 最后一个涨停板打开后依然封住，第二天还有赢利的机会

- 股价存在运行的惯性，沿着阻力最小的方向前进

- 打开涨停板后股价暴跌，主力同样被套牢，后市仍有获利空间

- 两波上涨后容易面临一个中级回调

- 牛股的"生命线"在年线、半年线位置

- 确定性重组股都有独特的股性和走势逻辑

- 高明的主力会把运作股价与重组结合在一起

- 知名"牛散"登上股东榜意味着对重组的认同

- 内幕交易对重组审核通过的杀伤力很大

- 大股东疯狂减持往往意味着重组将失败

开板后各种走势操作

当一个重组股终于打开一字涨停板后，未来就面临着多种走势可能：继续上涨、开始横盘、开始下跌、上涨后下跌、下跌后上涨、横盘后再涨跌……

这样的情形都有可能发生，而且每次都各不相同。选择买还是不买，股价未来是上涨还是下跌，成为一个非常纠结的问题。

一般而言，如果是彻底"乌鸦变凤凰"的实质性重组，在市场状况正常的情况下，复牌后的涨幅大致是在 1 倍左右。

有一种情形是，当股票封在最后一个涨停板时，有可能会中途打开涨停，导致所有在涨停板上排队等候的买单悉数成交，量能同时巨幅放大。这实际上导致了买入的资金被动成交，投资者措手不及之余，必然要进行自救，于是用更多的买单继续封住涨停板。只要封住了涨停，第二天就会有继续上涨的惯性，资金也就可以顺势获利出局了。

最后一个涨停板打开后依然被封住，第二天还有赢利的机会。如图 5-1ST 高陶的走势所示。

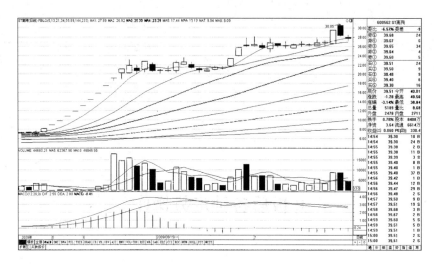

图 5-1　ST高陶在"T字涨停"后参与还有赢利机会

这样的案例很多，如果投资者密切关注重组股的话，类似的短线套利机会很容易把握，图 5-2 中的西藏发展就是如此。

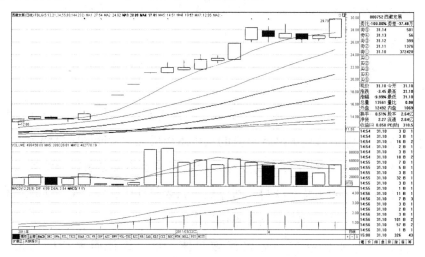

图 5-2　西藏发展"T字涨停"后继续上攻

如果涨停打开后，股价没有出现明显的杀跌，那么整体来看，就具备可操作的空间。这是因为，市场对于该股的热情不减，股价亦有其运行的惯

性，即向着阻力最小的方向前进。所以，只要不出现重大利空或是大盘暴跌，股价依然具备上行的动力，但对接下来的这一段上涨，却不能寄予太高的期望。总体来讲，以再次加速出现涨停后出局为宜。例如上面两图中股价出现上涨后，基本上就到了中期头部。

　　类似的走势在德力西重组ST甘化（000576.SZ）后也表现得很明显。该股虽然在打开涨停后出现了"乌云盖顶"的大跌走势，但鉴于这是获利盘兑现出局的需求，所以可以进一步关注。

　　次日，ST甘化高开后直奔涨停，显然是该股余温未消，敏感的投资者应该当机立断地抢进去。从当日的分时图来看，该股上午数次打开涨停板，挂单的资金可以买入，但下午就没有机会了，所以机会只留给有准备的人。

　　也就是从当天起，该股连续4个涨停。投资者即使没有最高点出局，也完全可以短时间内获利15%以上。

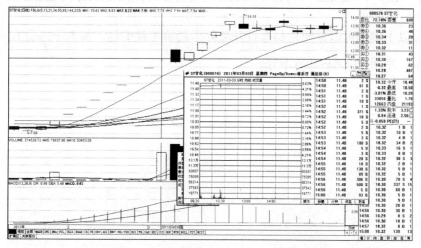

图5-3　ST甘化打开涨停时有机会介入，随后涨幅达20%

　　即使是股价后来表现不尽如人意，但新希望（000876）在打开涨停之初的表现也毫不生涩（如图5-4所示），与以上所述案例异曲同工，这说明此种模式有着极强的可操作性，投资者应当引起高度重视。**但在这个过程中，**

由于不再有"一字涨停",震荡会比较厉害,所以要拿住这样的股票需要强大的心理素质和坚定的信念。

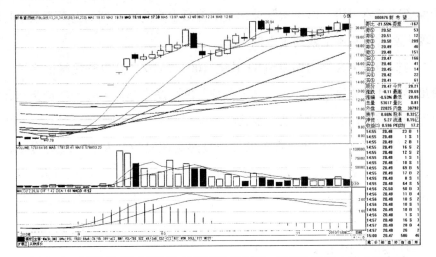

图5-4 新希望"T字涨停"后出现巨幅震荡,持股需要强大的心理素质

以上案例可以证明,如果打开涨停后股价不跌的话,基本上还会有一波涨幅,空间在20%~30%不等。

智者越跌越建仓

不少投资者可能没有注意到，**如果打开涨停后股价暴跌，同样会有获利的空间**。

这是由于，主力资金在股票里不可能马上出清，碰到大量抛盘后，如果没有外面的资金抢筹码，主力也就只会顺势洗盘，而不是顶着炮火往上冲。

但这样的洗盘不会太长久，首先是因为主力操作一只股票的成本比散户要高得多，如果跌到成本线的话将会很被动；其次，重组后的股票有价值，能吸引外面的资金在合适价位进来抢筹。两相叠加，在跌到一定的价位后，股票就会重新发力。这就比如，前面所说的直接持续上涨是余力未竭、余勇可嘉，而这一种方式则类似于先把拳头收回来，再更好地出击。

ST黑化（600179.SH）打开涨停后的走势非常惨烈，随后两个跌停板吓出了很多恐慌盘，此后几天的盘整更是让人觉得气数已尽。但就在绝望的时刻该股再次拔地而起，从每股 10 元一口气涨到每股 14.8 元，涨幅将近50%。

被亿晶光电重组的海通集团（600537.SH），在这方面表现得更干脆利落（如图 5-6 所示）。

该股在大跌两天（其中一个跌停）后，以一个涨停宣告重新崛起，并在随后出现了惊人的涨幅。一方面是因为光伏概念在当时正是热门，另外则是该股只有6个"一字涨停板"，相较于很多重组股算是少的，短线资金认定其有补涨需求。

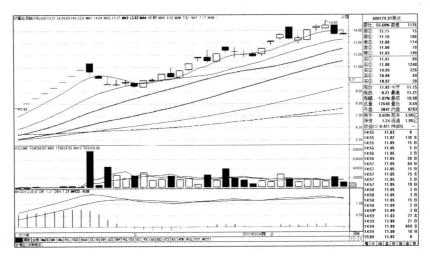

图5-5　ST黑化结束涨停大跌两天后重新崛起

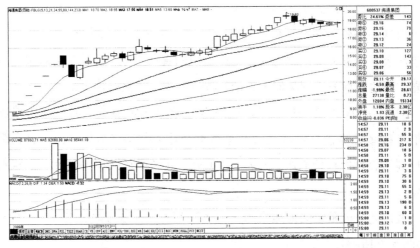

图5-6　海通集团在大跌后以一个涨停重新崛起，其后涨幅惊人

对于这类股票，在没有对其进行深入的基本面剖析的情况下，原则上应该是做一把就走，因为接下来其往往容易面临一个中级回调。但这只是短期内的说法，就中长期来看，如果概念、业绩都不错的话，投资者完全可以持股不动，忽略短期股价波动，从而伴随牛股一起成长。

这两种说法看似矛盾，实际上是针对不同的持股时间而言的，具体到每只股票如何操作，还需要丰富的经验和坚定的心智。当时的大盘环境、个股所处板块的热度、同业横向估值、各路资金对该股的态度，都会对股票的走势产生很大影响，因此，必须针对每时每刻的情况，具体问题具体分析。

牛股都有一根"生命线"

对于上一节所说的"越跌越建仓",投资者可能会有一点迷茫:如果稍微跌一点后就涨起来,那也不错,但要是从此一路跌下去,那岂不是接了最后一棒,深度套牢在山顶上?

实际上,实质性重组的股票是不需要太过担心的,因为它们存在一条"生命线"。

所谓的"生命线",并不是能够标明确切点位的曲线,其实说出来了就很简单,就是该股年线、半年线的位置,即即使股票出现大幅度的回调,或者是盘整,但调整的力度一般不会低于这两根线。即使是跌破年线,几个交易日内就会拉回来。因此,这是一个很好的中线建仓的位置。

恒逸石化(000703.SZ)借壳ST光华上市后,变身为一家以生产和销售PTA和聚酯纤维等产品的化工公司。

作为纺织上游原料之一的PTA,始于2010年7月中旬的大级别上涨行情持续了7个月。PTA期货指数在2011年2月15日创下12 415的高点后便急转直下,到7月1日见到8 660的低点,之后便展开大幅反弹。打开郑州棉花期货和PTA期货的日K线图,我们可以发现,棉花仍未有止跌迹象,而PTA期货指数自7月初以来就放量增仓,在7月27日创下9 726的高点,上涨了1 000多点，涨幅超过10%。

PTA价格大涨的这段时间，对应的正是恒逸石化重组出来的时间。然而，该股在打开涨停板之后，依然出现了大幅回调。当时的最高价是每股22.86元，回调到最低价每股13.53元，跌幅高达40%，调整时间也从4月份一直持续到7月份。回调的时间之长和幅度之大，足以使不少投资者割肉离场。

然而，从该股的K线图却可以看出来，当回调跌破半年线，尚未到达年线的时候，该股便止跌，并从此向上开启了一波大行情。可以说，虽然股价走势跟期货、现货价格密切相关，但并不是完全符合的。股票有独立的资金在进出，也就呈现出独立的走势，投资者切不可刻舟求剑。

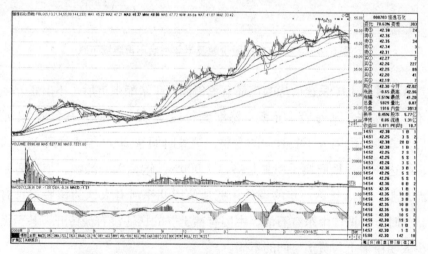

图5-7　恒逸石化股价随着PTA价格大涨而风生水起

之所以如此看重年线、半年线（还有一种技术方式是使用斐波拉切数列，即5、8、13、21、34、55、89、144、233，其中144、233相当于半年线、年线），是因为这两段线基本反映了半年或一年以来投资者的持股成本。通常两根线距离比较近，因此往往可以放在一起考察。

如果说恒逸石化是靠着PTA产品涨价，市场看得比较明白，从而使得股价不跌破年线的话，那么广晟有色（600259.SH）则再次表明，**触及"生命线"后大涨，应当是确定性重组股的一个"铁律"**（如图5-8所示）。

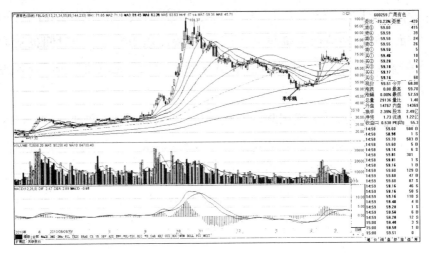

图5-8　广晟有色的股价触及半年线后不再继续下跌

从事重稀土矿采选冶炼的广晟有色借壳*ST聚酯上市后，不出意外地出现了一波暴涨，从每股1元多一路涨到每股22元。同时，在每股22元回调后，该股股价陷入了长时间的盘整，调整时间从2009年4月到2010年4月，长达一年，期间换手率更是高达1 000%。这么大的涨幅，使得后来者望而却步，随后长达一年的调整，更是使得几乎所有人认为该股不再有希望。当时，所谓"中东有石油，中国有稀土"的话还没有流传开，甚至没有多少人明白稀土与黄土之间的不同。

就这样，广晟有色的股价默默盘整着，等待着年线跟上大部队的步伐。终于，K线开始与年线相融相汇，不分彼此。这一天来临后，广晟有色不再默默无闻，股价陡然拉了起来。当再一次回调瞬间击破年线后，一轮暴涨的行情就此展开。恰好在此时，关于稀土的种种重要性也在市场上流传得沸沸扬扬。这到底是基本面改变了技术面，还是技术面触发了基本面呢？原因或许并不是如普通人所料的那么简单。

时间到了 2011 年 8 月，经过一轮令人瞠目结舌的暴涨，再经过近 9 个月的充分调整后，该股又回到了年线位置。这一次，广晟有色还将上演牛股奇迹吗？经过这么大幅度的上涨后，要回答这个问题比较困难，但应该可以认为，该股不会有太大的跌幅了。**对于投资者而言，介入一只股票首先要考虑的问题，不是该股日后能够大涨多少，而是自己所介入的价位是否拥有足够的安全边际。**

以上的说法并非"事后诸葛亮"似的牵强附会，恰恰相反，类似的案例俯拾皆是。即使不是以上列举的"推倒重来"似的彻底重组，**一些在原有基础上基本面出现重大改善的股票，同样也依靠着年线走得波澜壮阔。**

盛屯矿业（600711.SH，原名ST雄震）是沪市中股本比较袖珍的公司，总股本仅有 7 900 万股（截至 2011 年 8 月，增发后的总股本也只有 1.63 亿股）。2009 年前三季度，ST雄震亏损 1 612 万元，公司主营业务IT产品贸易及房地产毛利率均不到 6%，因此重组被认为是公司获得重生的主要方向。后来公司宣布，要通过战略转型将主营业务变更为矿业和有色金属贸易。

2010 年 3 月，盛屯矿业宣布拟以每股 10.22 元，向数名自然人定向增发 6 506.85 万股，募集约 6.52 亿元，用于收购增发对象持有的内蒙古锡林郭勒盟银鑫矿业有限责任公司（以下简称银鑫矿业）72% 的股权，同时受让转让方持有的对银鑫矿业的相应债权 33 171 万元。资料显示，银鑫矿业拥有的道伦达坝二道沟铜多金属矿山属于大中型矿山，以铜金属为主，并且银、钨、锡等主要产出金属的储量也较为丰富，该矿山的金属品位较高。

由于此次重组的力度很大，该股出现了上文所论及的经典走势：数个"一字涨停"后，最后一个涨停板打开，又被资金封了回去，紧接着股价持续上涨，待到出现短期高点后回调，等调整到年线位置后，新一轮行情启动，涨幅接近 2 倍。

由此可见，**每只股票，尤其是这样重组后的股票，都存在自己的股性和独特的走势逻辑，不是跟随着大盘的涨跌而随波逐流，而是会在恰当的时候**

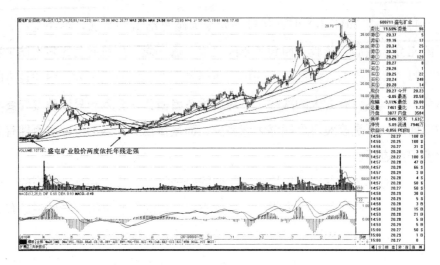

图 5-9　盛屯矿业股价依托年线走得波澜壮阔

走出自己的独立行情。

对于大盘指数而言，年线基本是反映市场牛熊的最重要依据，线上为牛市，线下为熊市。对于个股也差不多，线上强势，线下弱势。如果一只股票持续在年线以下运行，往往意味着中长线的资金已经被套，主力资金短期内也不大可能发动行情。因此，对于很多关注技术面的资金而言，它们是很忌讳去碰这类股票的。而对于主力资金来讲，如果没有特别的情况，或是大盘特别弱，它们一般也不会轻易击穿年线。短时间击穿，往往也只是空头陷阱。

投资者可能会疑惑，既然大部分股票都不会失守年线，那何不在年线位置等着，看哪只跌破了就买进去。

这样做当然可以，尤其是对于追求稳妥的大资金而言，稳定获利的概率相当大。但不足之处在于，虽然回到年线上面是必然的，但时间上却非常不确定，股票很可能长时间就在年线附近增长，利润空间有限。

但对于确定性重组股来讲，除了同样具备一般股票所拥有的上述特质外，还有一些独特之处，使得它们在回调到年线位置后启动一波可观的行情成为必然。

　　一般股票回调到年线的原因可能有很多，但对于确定性重组股来讲，如果不是由于大盘暴跌，最可能的原因就是前期获利盘蜂拥出局，主力资金顺势洗盘。

　　高明的主力资金，一定会把运作某只股票与该股的重大资产重组结合在一起，这样即使股价拉高了也有人接盘，从而安全地获利。但主力资金也有弱点，就是资金量太大，一天两天内根本走不掉，只能慢慢出货（最高明的主力就是在股价狂涨之时趁机出货）。如果此时前期获利盘大肆抛售的话，就很容易把股价砸下去，主力只能廉价出货。所以要么就是主力硬挺着全部吃下，但这对资金量的要求太高，不是所有人都做得来。

　　因此，当股价涨到一定程度后，前期获利盘要出局，这时候久经沙场的主力资金不会选择去硬撑，而是会顺势洗盘。等到前期低成本资金出局后，后面进进出出的短线客的成本与当前股价齐平，使该股的整体市场成本抬高，减轻了割肉砸盘的可能。这也就是主力在暴涨后洗盘的目的——抬高市场成本，获得更多筹码。

股东榜上奥秘多

对于确定性重组股的研究是多方面的，从股东榜去探索其中的奥秘，是一种比较讨巧的方法，而且能够作为比较重要的佐证。所以每当上市公司，尤其是重点上市公司披露财报时，媒体最为热衷挖掘的，也是股东榜背后的奥秘。**一些在市场上知名度较高的机构或者个人登上股东榜，意味着他们对该股的认同，且他们的投研实力整体要强不少，投资者既可以吃下一记"定心丸"，还可以趁机搭上"顺风车"。**

一个很明显的案例是，2010 年 5 月，*ST偏转（000697.SZ）披露重组方案，拟以每股 2.24 元定向增发不超过 29 844 万股收购陕西炼石 100%的股权，转型成为稀缺资源钼矿的开采冶炼企业。然而，由于当时大盘环境悲观，加上公司股价停牌前每股有 9.78 元，重组增发价却仅仅是每股 2.24 元，导致该股股价一路狂泻至每股 5.16 元，而后随着市场向好和新能源的炒作，*ST偏转又开始了温和的上涨。

2011 年 2 月 1 日，*ST偏转的年报出炉。年报显示，嘉实、华夏两家基金管理公司占据了流通股股东榜的前两位，其中嘉实精选基金持股 510.34 万股，华夏红利基金持股 417.01 万股。而在 2010 年三季报中，并未显现这两只基金的身影。

投资者即使不熟悉嘉实基金的情况，但对于华夏系基金在重组股方面的建树应当早有耳闻。在被誉为"最牛基金经理"王亚伟的带领下，华夏系基金在业界的成绩首屈一指，发掘重组股的眼光更是胜人一筹。

而且重要的一点是，*ST偏转作为一只"披星戴帽"的股票，基金想要买入的话，不仅需要通过投资决策委员会的严格审批，还要报备给监管部门，程序非常麻烦。为什么重组股高手华夏基金宁愿冒着这么大的风险去投资一个ST股，其中深意应当引起投资者的高度重视。

2011年3月6日，*ST偏转发布公告，正式披露了经国土资源部矿产资源储量评审中心评审的陕西炼石上河钼矿资源储量的重新核实情况。其不仅出现了新增资源储量，在勘探中，该矿还发现了世界罕有的铼矿。公告显示，该矿产中的铼矿所推断的内蕴经济资源量（333）矿石量为 12 402.34 万吨，铼金属量为 176.11 吨，平均品位 1.42×10^{-6}。

这一重大利好消息，推动*ST偏转出现了 7 个"一字涨停"。*ST偏转事后的股价走势证明，华夏基金在其辉煌战绩上又抹上了浓墨重彩的一笔。

投资者可能会质疑，铼矿的发现才是将股价推向涨停的原因，而且机构很可能在事先得到消息而建仓。

这样的质疑虽然不无道理，但眼界显得有些狭窄。如果以这种视角来选股的话，很容易陷入到打听内幕消息里去，终将因面临一直"黑天鹅"而暴亏。

正如前面章节所提及，*ST偏转的一致行动人是阙文彬，此人旗下曾出现过独一味和西部资源两只大牛股。加上公司彻底重组后，由亏损累累的偏转线圈企业变身资源企业，以及其他种种条件叠加到一起，意味着公司有一种强烈向上的势能。铼矿的发现，只不过是将其引爆而已，即使没有这个消息，也会有其他的导火索。

基金之所以大举建仓该股，也正是看中了这个。至于他们是否掌握了内幕信息，不是主流投资观点应当过多考虑的事情。**因为任何小动作，也无法改变一个牛股的趋势，只是会稍微加速或者延缓而已。过多地考虑，反而容**

易患得患失。

虽然说机构想在后半程精确踩点不见得就能如愿,因为各公司审批节奏不一样,而且一般在重组方案上会后才发布公告,这时候再想杀进去就比较被动了。但在多位追求确定性收益的基金经理看来,涨停板前面的收益拿不到了,但是稳拿着股票,一般都会继续上涨,而且涨幅可观。

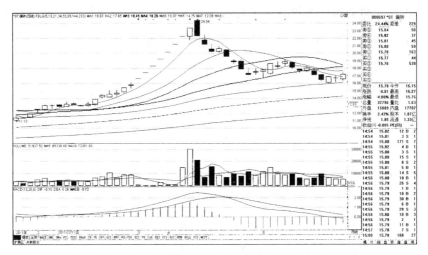

图 5-10 *ST偏转披露 2010 年年报后的走势

除了机构投资者以外,市场上还存在拥有大量资金的个人投资者。他们久经沙场而且往往是单兵作战,能够积累上千万乃至数亿元的资金,其研究和操作功底着实不容小觑。因此,投资者追随他们的操作轨迹,同样能够获益匪浅。

中兵光电(600435.SH)是个人投资者独自发掘牛股并获得暴利的一个经典案例,这也使得本来只在浙江投资圈内小有名气的沈昌宇一举成为全国性的投资高手。

2008 年 5 月 30 日,生产电脑刺绣机的北方天鸟发布公告,拟向第一大股东北京华北光学仪器有限公司实施定向增发,从而实现大股东的军工业务整体上市,后来该公司更名为中兵光电。当天,名为金顺法的账户通过上海证券交易所交易系统，累计购入公司流通股 7 236 655 股，占公司总股本的 5.025%，达到了举牌线，从而暴露在公众面前。

后来据媒体查实，金顺法的账户是被浙江知名私募沈昌宇使用。此账户还曾同时出现在文山电力、洪都航空、北方创业、航天长峰、太极实业、*ST昌河、中国医药、深长城和ST宇航这9家公司股东榜上，持股数量从数十万股到数百万股不等。按上述 9 只股票 2008 年 3 月最后一个交易日的收盘价计，9 只股票的总市值超过 2.6 亿元。还经查实，当杭萧钢构因 300 亿元大单而被疯狂拉升之时，沈昌宇重仓持有该公司股票。由此可见，沈昌宇不仅资金量颇为可观，而且发掘牛股的眼光及果断进出的心态，也是一流高手的水准。

当这样一个牛人出现在中兵光电的股东榜上之后，投资者在好奇之余，应当顺着他的思路，好好研究公司的价值。因为对于资金量大的投资者而言，他们不大可能仅仅根据技术面就买卖一只股票，而是会详细分析其内在价值，有一定的安全边际后才出手，这也是他们能够做大的原因。

中兵光电可以说是"生不逢时"，2008 年年中正是大熊市期间。复牌后强大的抛压，使得正在封涨停板的沈昌宇措手不及，被动买入大量股票，从而超出了 5% 的上限。然而，**熊市并不是投资者放弃研究股市的理由，反而更是披沙拣金，耐心吸纳优质品种的绝佳时机。**投资者在研究发现中兵光电是一只优秀军工股，并被"牛散"看重后，虽然不用立刻建仓，但必须保持高度关注。因为这种遭遇熊市，尚未经过大涨的重组股，很可能将是下一轮牛市的明星。

而且从走势图中还可以看出，该股每当跌破年线后就会很快拉回，最后一次跌破并形成空头陷阱，进而启动了一波大行情。果然，2008 年 11 月大盘见底后，中兵光电成为反转的急先锋，股价从每股 10.69 元一路狂涨到最高每股 40.78 元，涨幅将近 4 倍。在这个疯狂的过程中，沈昌宇也轻松获利出局。

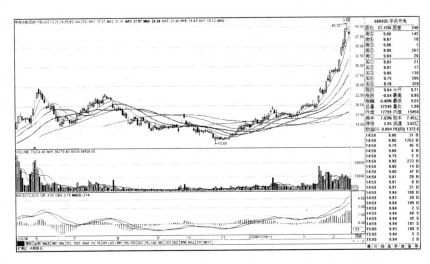

图 5-11　熊市"出炉"的中兵光电成为下一轮牛市的大明星

　　如果说沈昌宇在熊市中大笔买入中兵光电，是由于生不逢时，抛压太重，被动"炒股炒成股东"的话，那么，陈智明家族在顶峰时刻高调举牌*ST高陶，则是大胆地宣扬了对这一种确定性极高的操作模式的认同。

　　2009 年 5 月 21 日，停牌一个月的*ST高陶发布了资产置换及注入的重组公告。公告称，中国电子科技集团第十四研究所将成为新的控股方。重组完成后，*ST高陶将由一家陶瓷生产企业蜕变为含有微波电子产品、交通电子系统、信息系统等三大业务的高科技上市公司。

　　随即，该股创出连续 11 个涨停的神话，而站在 11 个涨停之巅，来自上海的陈智明、陈滢、陈智康三人举牌*ST高陶，此时股价已经突破每股 20元。截至 6 月 24 日，*ST高陶流通股股东陈智明、陈滢、陈智康三人共同持有公司股份达到 431.3 万股，占已发行总股本的 5.128%。三人共同决定投资*ST高陶的时间是 6 月 8 日，而这一天恰巧是*ST高陶连续 11 个涨停结束的时间，三人高位接盘的"勇气"令人惊讶。值得注意的是，此前陈智明、陈滢这两个名字曾携手在大牛股中兵光电股东榜中现身。

　　早在 2003 年，核心人物陈智明的身影就在复旦复华、大盈股份等流通股股东名单中闪现过。2006 年，陈智明出现在驰宏锌锗当年的年报中，持 87.41 万股。期间，驰宏锌锗股价从 2006 年 9 月的每股 30 元左右一路上涨，2007 年 3 月底，股价已超每股 100 元，陈智明的收益很可能超过 200%。

与其说是陈氏家族激发了市场对于*ST高陶的想象力，还不如说是*ST 高陶的惊艳转身引发了市场的高度认同，陈氏家族只是先行一步而已。而这样的豪迈举动，是建立在多年对于重组股的悉心研究之上的。

随后，*ST高陶在市场的追捧下一路飙涨，从打开涨停后的每股 20 元，到 2009 年 10 月的每股 57 元，涨幅高达 180%。令人惊叹的是，陈氏家族在 2009 年三季报中还持有股份，但到 2010 年年报时已经不见了踪影，可以想见，他们基本上在最高点出清了筹码。这也再次说明，对于他们给予足够的重视，是完全有必要的。

内幕盘的杀伤力

即使一份重组方案非常吸引人，但是还有一个细节需要注意。这个细节就是，在股票停牌重组之前，**是否有内幕知情人士买入该股，如果情况严重，整个重组被"枪毙"的可能性将会很大。**

A股市场几乎"没有不透风的墙"。投资者往往可以看到，在没有任何公开利好信息支撑的情况下，某只股票突然放量封住涨停，当天晚上就刊登重大事项停牌公告。停牌的原因多种多样，包括但不限于增发、注资、重组、股权激励、重大合同等，大多是利好信息。

由于一个重大事项（尤其是注资、重组等重大利好）的决策流程比较长，可能知情的环节包括公司内部、交易对手、中介机构、各级政府部门，以及他们各自的亲朋好友。一不小心，很可能就有人"一时糊涂"在停牌前买了股票。之所以说是"一时糊涂"，是因为他的买入，很可能使整个事件泡汤，是得是失，明眼人自有衡量。

2009年10月20日，*ST中钨（000657.SZ）发布重大事项停牌公告称，湖南有色筹划*ST中钨重大重组事项，公司股票自2009年10月20日开市起停牌。但在接下来的11月16日，这次停牌就以匆匆宣布失败收场。该公司发布的《关于中止筹划重大资产重组事项暨公司证券复牌公告》称，由于本次重大资产重组事项涉及面广，相关各方在某些问题上未能完全达成一致，本次重大资产重组事项尚不具备实施条件。

根据事后海南证监局披露的信息，2009 年 8 月 21 日，湖南建工集团在《关于湖南建工集团借壳上市进而实现整体上市的可行性研究方案》中提出：以 ST 金果、银河动力、*ST 中钨为重组对象，其中 *ST 中钨为最优方案。2009 年 9 月，湖南建工集团向湖南省国资委申请以 *ST 中钨作为重组对象。随后，湖南省国资委表示同意，*ST 中钨及其第一大股东湖南有色的董事长均表示同意。10 月 20 日，*ST 中钨宣布重大事项停牌。

但在 *ST 中钨停牌前几天，该股股价出现异常波动。经查，原湖南建工集团总经济师刘洋作为湖南建工集团重组 *ST 中钨的项目联系人，参与了重组工作的全过程。当他意识到湖南建工集团可能的重组对象是 *ST 中钨后，从 2009 年 10 月 15 日至 10 月 19 日，刘洋用其办公室台式电脑下单，为"谢某某"账户累计买入了 *ST 中钨 421 100 股，成交金额 4 181 624.91 元。2009 年 11 月 18 日卖出上述股票，累计获利 11 213.83 元。

为此，中国证监会最终认定"谢某某"账户的交易实际是由刘洋操作，刘洋作为内幕信息知情人，在内幕信息敏感期内为其管理的"谢某某"账户买卖 *ST 中钨股票，构成内幕交易。2011 年 6 月 14 日，中国证监会对刘洋内幕交易案作出行政处罚，刘洋被给予警告处分，并被处以 30 万元罚款。很可能因为此事的影响，*ST 中钨此次重组计划流产。

比起 *ST 中钨重组转型做建工行业，万好万家（600576.SH）转型做金矿采选的概念更加吸引人。然而，该股在宣布重组方案后的股价却并不"给力"，完全没有体现出黄金股应有的风范。但该股后来"一潭死水"似的走势并不是市场的定价机制失误，而是其自身有着严重的内伤。

2009 年 5 月 18 日，万好万家股价涨停，随后因筹划重组事宜停牌。6月 19 日，公司复牌并发布公告称，公司将与天宝矿业进行资产置换。重组成功后，万好万家将转型成为以钼、黄金、锌、铁产出为主的有色金属资源类的矿业企业。

受重组利好的刺激，万好万家复牌后连续 8 个交易日涨停，然而，就在市场憧憬金矿注入的时候，公司的重组方案迟迟未有实质性进展。2010 年 2 月 24 日，万好万家发布公告称，由于审计工作量较大等原因，向证监会申请延期上报有关补正材料。同年 6 月 18 日证监会要求对重组申请材料中的有关问题提交书面回复意见，万好万家表示资料尚在办理之中，须待材料全部完备后，再向证监会报送。

如果说由于审批手续烦琐导致方案迟迟不能获批，这个可以理解，但万好万家的大股东万好万家集团在这期间频繁抛售股份，却是需要高度警惕的。笔者多年研究重组股的经验一再证明，**如果大股东宁愿"舍弃"重组成功后的高收益而疯狂减持，此次重组审核通过的可能性将极小。**

2010 年 10 月 12 日至 2011 年 2 月 17 日收盘，大股东万好万家集团出售 257.3 万股万好万家；2 月 18 日至 3 月 23 日，万好万家集团宣布再次减持 333.9 万股；5 月 6 日，万好万家集团第三次减持 256.6 万股。万好万家集团三次共减持 847.8 万股，若按减持期间的平均价格计算，大股东累计套现约 1.96 亿元。

大股东频繁抛售的原因，源于对重组过会的悲观。后来经媒体披露，此次重组的保荐代表人是中信证券的谢风华，谢氏之妻安雪梅通过谢风华亲戚的账户于每股 7.3 元左右的价格购入 28 万股万好万家，构成了内幕交易。2010 年 3 月，证监会稽查局突袭中信证券上海投资银行分部，提取了谢风华的通话和电脑记录。

这件事情爆发后，大股东自知重组无望，因此决定尽快高位套现。

2011 年 6 月 22 日，万好万家公告表示，2009 年筹划的资产重组将因 6 月 30 日逾期而失效，公司将与拟重组方天宝矿业协商解除相关重组协议事宜。这则通告也基本上宣布了万好万家的资产重组归于失败。

除了万好万家一事外，谢风华还利用常州亿晶光电借壳海通集团

（600537.SH）重组的信息进行内幕交易，以及在ST兴业重组过程中牟利。此事最后以海通集团将公司的独立财务顾问从中信证券换成了湘财证券而告一段落。

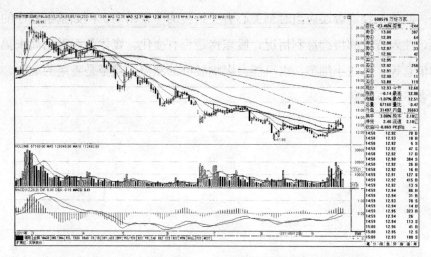

图 5-12　重组获批无望，万好万家大股东先知先觉地套现

另一点无须单列的是，由于内幕盘的汹涌买入，股票在停牌前很可能出现大幅上涨，偏离同行业股票的平均涨幅。这种股价异动，对于后面的审核过会也有很大妨碍。

2011 年，某家上市公司披露了资产重组预案。该预案最后对股价波动的说明称，公司股票停牌之前最后一个交易日公司股票收盘价为每股 9.17 元，停牌前第 21 个交易日公司股票收盘价为每股 7.11 元，该 20 个交易日内公司股票收盘价格累计涨幅为 28.97%。剔除大盘因素和板块因素的影响，公司股价在停牌前 20 个交易日内累计涨幅为 24.86%，累计涨幅超过 20%，股票价格波动达到《关于规范上市公司信息披露及相关各方行为的通知》（证监公司字[2007]128 号）第五条相关标准。公司股票在可能影响股价的敏感信息公布前 20 个交易日内累计涨幅构成股价异动。

虽然目前证监会还没有审核该公司方案，但这将是重组方的一个"心病"。

　　以上这些"血的教训"一再证明，看好一只确定性重组股，并非买入后就万事大吉，而是应当深入研究各个细节。一些公司不想披露，却又无法掩盖的信息，往往会隐藏在极其不引人注目的地方，留给耐心的投资者仔细推敲。此外，投资者还应当时刻关心有关该股的一切动向，例如重组程序的进展，注入资产的持续赢利情况，股东榜是否有变化，媒体是否曝出尚未揭露的消息等。这些小细节，很可能会影响股价的涨停，甚至是重组的成败，投资者不可不明察。

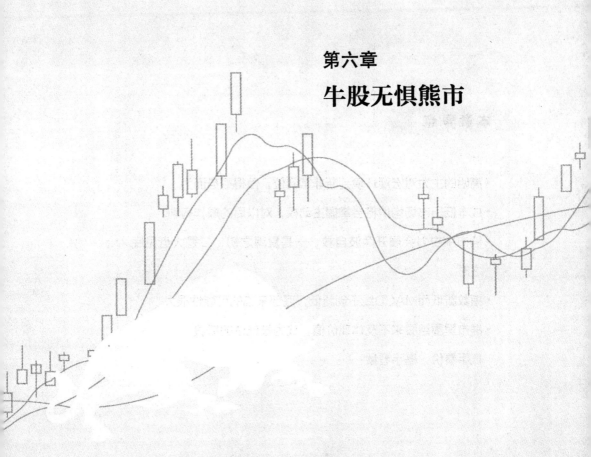

第六章

牛股无惧熊市

本章要点

//

- 高明的主力对宏观环境判断非常到位，懂得顺势而为

- 成本低于市场均价将会掌握主动权，对以后的操作有利

- 熊市中主力会展开两波自救，一是复牌之初，二是大盘见底之时

- 指数新低而MACD线不创新低，底部来临的可能性很大

- 熊市里重组股来不及体现价值，成为被低估的新股

- 低手看价，高手看量

熊市顺势大跌

对于绝大部分投资者来说，判断何处是顶、何处是底，是一件非常困难的事情，即使偶尔说对一两次，也证明不了自己就是"股神"。

笔者并不是号召投资者不分时机买入股票后就死扛着，但如果投资者没有那么高超的研判能力，还是遵照"一动不如一静"的古训吧。

一项统计数据显示，每日平均交易 10 次以上的客户，3 年平均收益率是 -79.2%；每日平均交易 5 次以上的客户，3 年平均收益率是 -55%；每日平均交易 1 次以上的客户，3 年平均收益率是 -31.5%；每日平均交易 0.3 次以上的客户，3 年平均收益率是 12%；每日平均交易 0.1 次的客户，3 年平均收益率是 59%。

从以上数据可以看出，**找到合适的标的，不进行频繁操作，投资者完全可以在一段时间以后实现赢利。**

所谓熊市，意味着一切股票通杀，而且跌幅巨大。即使有些股票在初期逆市大涨，但同样难逃"地心引力"，后期补跌起来，也将是"飞流直下三千尺"。

我们在前文详细阐释过，真正有实力、有眼光的主力资金操作一只股票，都会跟该股基本面的重大改变结合起来。这样不仅能够大幅拉升股价，而且还可以在高位从容出货。

有实力、有眼光的主力资金对宏观环境的判断非常到位，最重要的是它们懂得顺势而为的道理，不会不顾周边环境的影响而一味蛮干。 当它们操作的股票重组复牌后，如果遇上市场不好，它们并不会逆市狂拉，而是会顺势跟跌，借机进行最后一次洗盘。

这样做的原因在于，如果逆市狂拉的话，其他的投资者会因为害怕大盘的影响而疯狂出货，导致主力在高位吃了一肚子的筹码，白白消耗资金。而且，在"万马齐喑"的市场上逆市狂拉，无疑会引来各路资金甚至是监管部门的关注，"枪打出头鸟"，这样会对日后的操作造成很大不便。

由此，顺势大跌成为最明智的选择。一方面，可以不显山露水，使市场上的资金对该股的兴趣降低；另一方面，一些心理素质较差，或是对基本面了解不够的投资者，会在下跌过程中斩仓出局，主力资金可以用低廉的价格获得更多筹码，进一步摊薄成本。

*ST偏转（000697.SZ）可谓一个非常经典的案例。2010年5月18日，公司披露重组预案，*ST偏转将以每股2.24元的价格，向陕西炼石定向增发2.98亿股，购买其价值6.68亿元的剩余资产，从此公司将转型为矿产开采企业。

这看起来本是一个不错的重组方案，然而，由于*ST偏转停牌之前的股价是每股9.78元，陕西炼石获得股权的价格仅仅是每股2.24元，两者成本相差悬殊，这使得二级市场投资者极度恐慌。更为重要的是，*ST偏转的停牌时间是2009年12月24日，当时上证指数的点位是3 153点，而等到2010年5月18日这一天，上证指数已经跌到了2 594点，期间跌幅高达550点。这样巨大的落差，使得不少投资者完全丧失了持股的勇气，不顾一切地一味杀跌。

因此，从2010年5月18日开始，*ST偏转连续4个"一字"跌停，其后更是小阳大阴地下跌，一直到7月5日的每股5.16元，才算真正见底。这期间，该股的成交量亦随之放大，短短 31 个交易日内，成交量高达 154%，帮助主力资金完成了最后的筹码清洗和收集。

对比上证指数，2010 年 7 月 2 日，大盘创下 2 319 的最低点后，宣告正式见底，随后开始了一轮较大的涨幅。*ST 偏转股价与大盘指数的高度契合，充分说明了它们对于大势的理解程度，以及对顺势而为的精确把握。

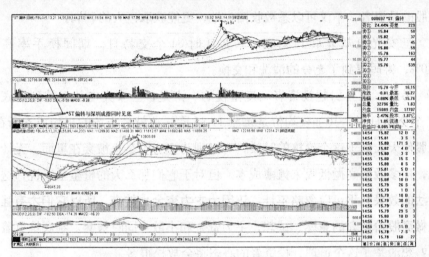

图 6-1　*ST 偏转与深圳成指同时见底，在顺势洗盘之后开启了巨大涨幅

或许，在一些投资者看来，2 319 点只是一个较小的调整而已，杀伤力并不大，尤其是对于 *ST 偏转这样复牌后仅仅 31 个交易日就见底的股票来说，说服力更是微弱。

接下来我们可以看看 2008 年大熊市里发生的故事。

2008 年 7 月 8 日，LED 产业龙头三安光电（600703.SH）借壳 ST 天颐上市成功，当天涨幅将近 170%，收盘于每股 13.80 元。在随后的几个交易日里，三安光电最高创下了每股 15.25 元的价格。然而，再好的股票也扛不住大熊的打击，在大盘加速见底的走势带动下，三安光电的股价同样一泻千里，从最高的每股 15.25 元，一路跌到 2008 年 11 月 7 日的最低价每股 5.89元。上证指数触及 1 664 点，宣告了底部的确立。

从三安光电的股价来看，复牌后的跌幅高达 160%。如果从复牌后就拿着该股，股价需要上涨 160% 投资者才能回本。在很多人眼里，能够上涨 30% 的股票都不好找，这么大的涨幅，几乎是不可能实现的。

然而，事实证明，很多人在当时没有看到光明在前，没有想到大盘将会出现 1 倍的涨幅，更没想到，三安光电将是这一轮行情中最牛的股票。拿着该股的投资者，不仅可以悉数收回失地，更能获取巨大的利润。

三安光电从复牌到见底，一共耗时 81 个交易日，期间换手率高达 280%，筹码得到了充分的清洗和交换。

另外，应当引起投资者高度重视的一点是，三安光电从复牌到见底的 81 个交易日里，其加权均价是每股 11.85 元，这就是市场的平均成本所在。当股价大大低于这个价格的时候，可以视为主力资金也被套在里面，无计可施，顶多做做高抛低吸来摊薄成本。但对于它们那么大的资金量来说，这种做法的效果几乎可以忽略不计。**正因为主力资金也被套，所以它们才有强烈的做高股价解套的意愿。**试想，主力资金和小散户同时被套，到底谁更着急呢？想清楚了这个道理，投资者的心态将会放松很多。

主力自救的逻辑

分析一只股票是否有前途，投资者往往会从它的基本面着手。这的确是很重要的一个方面，但单单这一个方面是难以支撑股价在跌入谷底后，转而开启大反攻的。不然的话，2011年期间，业绩靓丽的银行股一跌再跌，就无法作出合理的解释了。

除了基本面之外，还有重要的一点，就是看主力资金的强弱，以及介入的深度。往往有大视野的主力，其介入的股票会是基本面发生重大改变的，而且它们运作一只股票的时间也会非常长，目标涨幅也将非常高。

当股票披露重组方案并复牌后，如果不巧遇上大跌行情，此时，明智的主力采取的动作将是上文阐述的顺势洗盘。而且这种下跌，就不是之前所说的，到年线、半年线位置就会稳住这么简单了。**按照熊市的概念，无论是大盘指数还是个股，都将跌破年线，并且是较长时间内在年线以下运行。**

所谓年线，是指一年之内投资者持股成本的位置。跌破年线，意味着出现大面积亏损，因此，年线也就成为牛股的"生命线"。在跌破年线全面通杀的情况下，不仅是个人投资者，即使是主力资金，也难逃被套牢的厄运。但是，除非它们的资金链出现断裂，急需收回现金，不然的话，它们绝对不会在下跌过程中斩仓。这是因为熊市期间，市场的买盘力量本来就很弱，主力资金又掌握了大量的流通筹码，如果对外抛售，很可能将股价直接打下去好几个点位，而且还不见得会有人接盘。在这种情况下减持，不啻是一种自杀行为，这也是所有的操盘手都非常忌讳的。

真正高明的主力，它们的出局都是在股价暴涨之时。经过长时期的运作之后，操盘的股票借助市场行情好转，以及该股"恰好"成为热门概念，从而引发股价疯涨。主力甚至不需要自己去维持股价，场外资金就会自发地进来抢筹，将股价推到一个不可思议的高度。在这个过程中，主力将手中筹码顺利脱手后，股价还将惯性地向上运动，不构成任何打压。而最终站在股价高岗上吹着凉风的，都是一些目光短浅、头脑发热的投资者。

从这个操作逻辑可以看出，**当遭遇熊市的时候，确定性重组股跌起来也毫不含糊，但主力也会积极展开"生产自救"，在逢高出掉一些筹码的同时，完成最后的洗盘动作。**

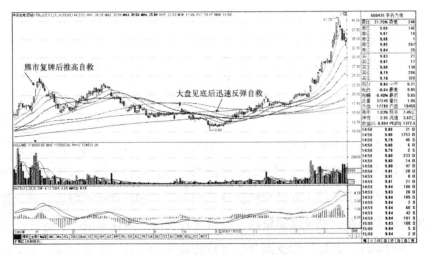

图6-2　中兵光电主力在复牌之初和大盘见底时积极展开自救

2008年5月30日，停牌9个月的中兵光电复牌。复牌当天，沈昌宇掌握的金顺法账户动用巨额资金将该股封在涨停。因为卖盘汹涌，该账户成交金额高达1.55亿元，占当天中兵光电成交总量的30%。

从中兵光电 5 月 30 日的盘面情况来看，该股开盘即封于涨停每股 21.56 元，但盘中一度打开涨停，最低下探至每股 19.6 元，随后又在短短几分钟内封住涨停直至收盘。金顺法账户当天可能直接以涨停板价格挂出巨额买单推高股价，但未曾料到抛盘汹涌，其撤单不及，导致将卖单全部扫进，超过了他所设想买入的数量，也越过了 5% 的举牌黄线，从而暴露在了公众面前。

从目前已公开的信息来看，在停牌之前，金顺法账户就已有关联账户埋伏在中兵光电里面，但不料，停牌的时候是 2007 年 8 月，正是牛市高点时期，复牌时期却遭遇熊市，可谓冰火两重天。

该股里面的资金看到熊市来临，因此在复牌的当天就纷纷夺路而逃，这也是为什么金顺法账户竟然成交了 1.55 亿元的原因。当天他用大单封涨停，就是希望给市场造成错觉，以为个股可以无视大盘继续大涨，从而使自己可以在股价稳住后顺利出货。

实际上，从 K 线图也可以看到，中兵光电复牌后的确出现了短暂的上涨，部分资金借机出货，但终究不敌趋势的力量，从每股 25 元的位置一路跌到每股 10.69 元。作为其中一大主力的金顺法账户，也在这个过程中悄然潜伏了下来，不再搞出动静。

2008 年 10 月 28 日，该股先于大盘几日见底，从此开启了一轮波澜壮阔的升幅。这样的走势，远远高于其他股票的涨幅。这也意味着，主力资金借助大盘反转，勇于开展自救，把以往的亏损全部弥补回来，更重要的是，要迅速把股价拉到自己的成本线之上。试想，如果有人的成本低于自己的，那么无论怎么洗盘，都很难将他们洗出去，只能无奈地帮他们"抬轿子"，这是主力非常忌讳的。因此，这也是**确定性重组股在反转之初就会出现巨大涨幅的原因，就是为了避免别的投资者抄了自己的底**。

投资者持有一只股票最重要的要求，就是要使自己的成本较低。只有存在足够的安全边际，持股心态才会好，赢利面也才会更大。因此，市场的平均成本在哪里，是需要投资者认真对待的一个问题。虽然各种均线能够展现一只股票在某段时间内的平均成本，但在均线覆盖不到的地方，又该如何判断？

这里我们可以学习判断市场平均成本的一个小诀窍。以中兵光电为例，从 5 月 30 日到 10 月 28 日，是该股复牌后大跌到见底的整个时间段。如果想统计该段时间内市场的平均成本，投资者可以在通达信行情软件的界面上，先打开该股的日 K 线图，然后按"Ctrl+W"键，此时界面上就会跳出"区间统计"的选项栏。投资者再选择所需统计的时间区间，随后该软件就会自动生成期间最高价、最低价、成交量、成交额、加权均价、区间涨幅、区间振幅、区间换手等数据。这些都是非常重要的参考指标，尤其是加权均价。**如果投资者的成本低于市场均价，就能掌握主动权，对于今后的操作也会非常有利。**

图 6-3　通过区间统计可以清楚了解市场平均成本在哪里

从这个案例，我们可以看到，遇上熊市之后，主力资金会展开两波自救，一波是在复牌之初，另一波是在大盘见底之时。

背驰引领反转

根据我们多方位的分析，读者可以清晰地了解到，投资确定性重组股，并不需要在择时方面过于费脑筋，只要选择了合适的标的，赢利将是大概率事件。

在熊市之中，判断何时将进入底部区域，对于投资者稳定心态，筹资抄底，都会有积极的作用。而底部，是可以通过相关技术指标看出来的。

投资时间较长的人都知道MACD线（指数平滑异同移动平均线），它是杰拉尔·阿佩尔（Geral Appel）于1979年提出的，是一项利用短期（常用为12日）移动平均线与长期（常用为26日）移动平均线之间的聚合与分离状况，对买进、卖出时机作出研判的技术指标。虽然很多投资者不大愿意用这个指标，因为它不能预判，而且有一点滞后，只有等趋势形成之后它才能有所反应。然而，几乎没有人否认，它是一项非常准确的指标，代表了一个市场大趋势的转变。而其他一些号称可以进行预判的指标，却往往隐藏了不少陷阱。

巴菲特有一句话说："宁可要模糊的正确，也不要精确的错误。"所以，以MACD线作为研判指标，对于投资者有着重要意义。但是，即使针对同一条MACD线，不同的投资者给出的研判方式也是各不相同的。下面我们将介绍一种独特的、准确率更高的研判方式。

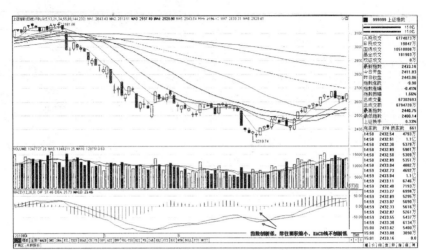

图 6-4　对照K线图和MACD线可以精确地发现背驰

从上证指数 2010 年 7 月 2 日见底的图 6-4 可以看出，上证指数从 3 181.66 点的位置跌下来，下面对应的MACD线也同样快速下滑。当上证指数的跌势和缓一些之后，按照MACD线的设置情况，由于之前下跌幅度过大，导致MACD线的乖离率也大，随后需要进行修复。因此，虽然上证指数在随后的一段呈现出盘整下跌的情况，但MACD线却在缓慢地修复向上。当上证指数出现一次急跌，跌到 2 319.74 点的大底时，MACD线也随之下跌，但下跌的幅度并没有超过上一次下跌的幅度。

与此同时，投资者还可以看到，MACD线上下围绕有一根零轴，零轴上下存在小柱子，向上的为红色，向下的为绿色。第一轮急跌时，向下的绿柱的规模、面积比较大，长度也较长；第二轮下跌时，绿柱的面积和长度都明显缩小。

从以上分析可以看出，**回抽零轴的MACD线再次下跌不创新低、绿柱的面积明显小于前一段的，而这个时候指数却创下了新低，这两者之间出现了明显的背驰，也就意味着见底。**

这样的判断也可以是即时的。看MACD柱子的面积不需要全出来，一般柱子在达到最长后开始逐渐变短时，把已经出现的面积乘以2，就可以当成是该段的面积。所以，实际操作中根本不用回跌后才发现背驰，而是可以提早作出判断，往往可以抛到最高价位和买在最低价位附近。

实际上，这种研判底部的模式，并非只是对大盘进行分析，进而大而无当地吸引眼球，其在针对个股方面同样具有实际操作意义。

2008年6月14日，ST绵高（600139.SH）刊登收购报告书，公司向恒康发展发行不超过3 908万股股票，收购恒康发展持有的甘肃阳坝铜业有限责任公司100%的股权，注入铜矿资产。后来，该股更名为西部资源。

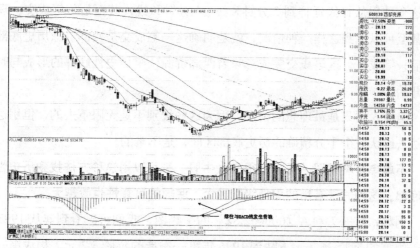

图6-5　用MACD线寻找个股的背驰点同样有效

由于是在熊市中期复牌，所以西部资源当时也是毫无悬念地一路大跌，从每股15.47元跌到每股5.59元。但细心地观察MACD线可以发现，第一波大幅杀跌的时候，MACD线同样跌幅很深，绿柱面积也很大；随着股价出现一个小反弹，MACD线快速回抽，柱子也相应转红；随着股价迎来第二波杀跌，回抽零轴的MACD线再次下跌时，并没有创下新低、绿柱的面积明显小于前一段的。此时西部资源的股价却创下了新低，两者之间的背驰显而易见，这也意味着该股的底部来临。

如果投资者认为从日线图来看，要等到见底后好几天才能看明白趋势的话，还有一种更为精确的方法。任何大级别的趋势都是由小级别生成的，如果在日线图上不好判断，可以打开60分钟K线图，同样按照以上的方式查看，找到背驰的趋势。还不满足的话，可以看30分钟K线图、15分钟K线图、5分钟K线图……但对于大多数投资者来讲，这种过于细致的做法是没有必要的，能够把握好大方向，基本上就可以使自己处于有利的地位。

这种从大级别往下精确找买点的方法，和数学上的区间套有些类似。以西部资源为例，日线图上的背驰段里，可以找到60分钟K线图上的背驰段，把这个过程从日线延伸到5分钟K线、1分钟K线，甚至是每笔成交。理论上甚至可以达到这样一种情况，就是明确这一笔成交是西部资源历史底部的最后一笔成交，这笔成交完成意味着西部资源一个历史性底部的形成与时代的开始。

当然，这只是最理想的情况，因为这些级别不是无限下去的，但用这种方法去确认一个十分精确的历史底部区间，是不难的。

不单单是重组股，历史上很多大牛股，都可以用这种方法找到历史性的大底部。这种方法套用的周期级别越大，底部的可靠性也就越大。

例如，打开万科A（000002.SZ）的季线图，我们可以看到其从1993年第一季度的每股36.7元下跌到1996年第一季度的每股3.2元，构成第一段下跌；1996年第一季度到1997年第三季度的每股21.10元，构成第二段回抽；1997年第三季度下跌到2005年第三季度的每股3.12元，股价创下新低，但MACD线在回抽零轴后再次下跌却没有创新低，而且绿柱的面积明显小于前一段。这就告诉投资者，背驰成立，万科A历史性大底部在这一刻来临。

值得注意的是，如果要寻找大级别的背驰，需要有足够的K线支撑，只一些上市时间较长的股票才有这个条件。这也是为何笔者提醒投资者关注

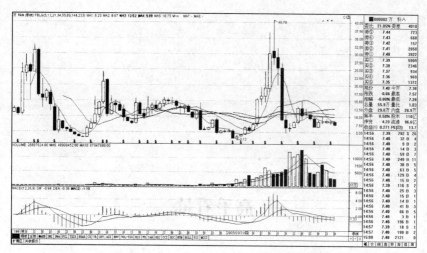

图6-6　使用大周期的K线图往往可以找到牛股的历史性底部

重组股，因为这类股票之前都有较长的上市时间。如果是新股，由于没有足够的图形支持，在判断底部时有一定的难度。但有一种最简单的方式，就是**那些放量突破上市首日最高价的新股，可能会是以后的黑马；年线开始出现上拐，放量突破年线后缩量回调年线的老股，也可能会是黑马。**

高手看量

"低手看价，高手看量"，这是股市里颇为经典的一句话。因为能够影响股价涨跌的因素有很多，但量能却只能用真金白银堆出来。放量或者缩量，对于研判一只股票的人气，有着极为重要的意义。

2005 年 6 月 6 日，上证指数触及历史性的大底 998 点，随后随着股权分置改革而开启了一轮波澜壮阔的牛市。从成交量上，我们可以看到，以 2005 年 6 月 10 日为中心，前 5 周的周均成交量是（241+241+257+322+388）÷5=290 亿；后 5 周的周均成交量为（416+354+373+232+306）÷5=336 亿，从前 5 周的缩量到后 5 周放量，量能放大 15%。在 2005 年 8 月 19 日量能放大 1 倍以上，说明两个月后周资金放量进场，发出买点信号，应找机会进场，通过日线找到好的买点。

同样，以西部资源为例可以看到，在第一轮下跌中，投资者由于对行情认识不清，并没有急于出货，而是继续持有。但随着下跌趋势的明朗，他们意识到这并非一个小级别的调整，因此借助 2008 年 9 月份的一波小反弹抓紧出货。在最后一轮下跌中，西部资源的量能进一步萎缩，2008 年 10 月 22 日，该股的换手率只有 0.24%，成交额仅有 76.1 万元，可见已经没有人有交易的欲望。

　　由于中国股票市场上市公司进行分红，尤其是大比例分红的很少，投资者买卖股票主要是希望从股价的波动中赚取差价，所以对于价格相当敏感。因此，对于持有股票的投资者来说，股价下跌会让他们非常恐慌，不知道该继续持有还是应该卖出，或者应该在什么位置卖出比较合适；而持有现金的投资者见到股价下跌，则是在思考应该在下跌到什么价位的时候买入做多赚钱。正因为如此，股价在下跌的过程中才会有缓跌、急跌或是反弹。而西部资源在下跌过程中，中间基本上保持的是一种匀速直线向下的方式。无论是利好推出还是利空推出，该股的走势都毫不受影响，既不会因为利空而加速下跌，也没有因为利好而大幅反弹，因为绝大多数投资者对市场彻底绝望而选择了观望或是离开。

　　如果市场仍有投资者对股票心存希望的话，那么在下跌的过程中，个股就会经常出现反弹，而成交量也会因为多空双方的分歧所形成的换手，而维持在较高的水平上。当绝大多数投资者都对市场绝望了，该斩仓出局的人大多也都已经退出，剩下的只是一些零星的卖出盘。但因为没有什么人愿意买入，所以零星的卖盘也能让个股下跌，而由于卖盘有限，下跌的速度也不会很快，常常会呈现连续的阴跌，在量能方面则表现为成交的持续低迷。在见底之前"死气沉沉"，正是一个重要的标志。

　　很快，2008年10月29日，西部资源创下每股5.59元的大底后开始反转，抄底资金介入，量能随之放大。尤其是11月18日，该股的成交额达到1 017万元，意味着大资金开始介入，此时距离底部的涨幅已经达到了30%。然而，这只是一个开始，是该股走向牛股历程的第一步而已。

被低估的新股

确定性重组股之所以值得花大力气研究，是因为它们已经改头换面，"乌鸦变凤凰"，成为一个抛弃历史重获新生的上市公司，市场当然应该给予其新的评价。

而随着大盘的下跌，重组股尚未来得及体现其应有的价值，就随着大盘连续下挫，导致其光辉完全被哀鸿遍野的市场掩盖，从而被严重低估。

2011年年初，德力西集团获得ST甘化（000576.SZ）的控股权，并承诺以此为平台投资进入LED产业。

根据增发预案，ST甘化将用7亿元新建高亮度蓝绿光LED外延片生产线，从事高亮度蓝绿光LED芯片的研发、生产。在做大做强LED外延片及芯片的基础上，最终实现LED产业的规范化、规模化、系统化、效益化，同时兼顾上下产业链发展，最终形成完整的LED产业体系。

公司计划购买20台生产LED的MOCVD炉，达产后销售近10亿元，利润1.4亿元。这个数据利用了与同行业的三安光电的对比，后者计划到2012年有144台MOCVD炉，大约是ST甘化的7倍。考虑到三安光电的炉子有部分生产红黄光，而ST甘化的炉子都是生产蓝绿光，可以判断出ST甘化达产后的利润率将不会低于三安光电。也就是说，这部分资产的定位至少价值三安光电的 1/7。2011 年 3 月，三安光电的总市值大约是 330 亿元，那么 ST 甘化的 LED 项目可以定位为 50 亿元市值。根据江门市 2011 年最新政策，购买 5 台以上蓝绿光 MOCVD 炉，每台可以补贴 1 200 万元。这次 ST 甘化购买 20 台，可以享受 2.4 亿元的补贴，如果按 3 年来分摊，相当于每年可以增加 8 000 万元的利润。值得注意的是，未来 ST 甘化承诺的 15 亿元投资，同样会有巨额补贴。

从市场调研中也可以发现，蓝绿光外延片和芯片毛利都在 40% 以上，这还是不考虑补贴的情况，如果加上补贴会更高。而 ST 甘化的利润预测是很保守的，保守的预期为 14%，这没有计算补贴，并且作好了产品达产后降价的准备。其实按照 2011 年的市场情况，产值 10 亿元的蓝绿片，至少有 2 亿元净利润，补贴总共 2.4 亿，除去税收大约有 2 亿元净利。ST 甘化以后只要不断追加投资，就可以不断得到补贴，如果把原厂土地兑现，可以获得 10 亿元以上的资金，然后继续投入蓝绿光 MOCVD 炉。那么 ST 甘化未来在不增加股本的情况下，产能还可以增加 2 倍，业绩潜力很大。

市场上流行一种观点，就是 LED 的产能已经过剩，不再具备介入的价值。其实这个行业只在中下游过剩，在上游，特别是在蓝绿光外延片以上的领域，需求非常巨大。2011 年，德力西集团通过江门的中国绿色光源国际博览会（以下简称光博会），展示了 LED 的巨大潜力。例如公司生产的 LED 日光灯，用电量是普通日光灯的 1/10，寿命是其几十倍。这个潜在的家庭照明市场，将马上进入爆发期，而国内其他厂家还无能力生产同样质量的产品。20 世纪 90 年代末，家家户户有彩电的时候，彩电开始过剩；2010 年汽车开始大规模进入家庭的时候，汽车消费开始从巅峰下落；但是，在 2011 年的时候，家家户户的照明都是在用 LED 了吗？答案显然是否定的。

此外，ST 甘化还有原有的酵母产业。该行业定位比较简单，以食品类 25 倍市盈率定位，价值 7.5 亿元。公司还有工厂方面的资产，主要是土地 1 500 亩，有很大的潜在增值潜力，考虑到要安置职工，保守定位为 12 亿元。由此，可以得出 ST 甘化的合理估值应该是每股 20 元左右，而由于 2011 年的市场行情很不乐观，导致公司股价长期在每股 12 元左右徘徊，因此，ST 甘化具有很高的投资价值。

2009 年 9 月 18 日，同样是 LED 行业的亿晶光电借壳海通集团（600537.SH）上市，仔细对比它与同行业的三安光电，从股本、估值、价格、收益等方面，当时可以得出的结论是，海通集团绝不应该比三安光电股价低，因为其各方面的情况都与后者相当，但总股本仅仅是后者的 1/3。后来，海通集团从打开涨停后的每股 15 元，一直涨到每股 60 元。

以上只是一小部分案例，实际上，绝大多数确定性重组股，都存在着不同程度的被低估的情况。投资者只要与市面上已有的龙头企业简单进行对比，往往可以推算出其合理估值，从而安排自己的投资时点。**这些对比包括企业各自的市场占有率、净利润、未来产能情况，这是业绩方面必须考量的因素。然后再参照股本情况，可以算出每股收益，从而得出合理的估值。**

有意思的是，绝大多数确定性重组股可以说是"被低估的新股"，然而，真正的新股却往往不是被低估，而是被大大地高估。这是因为 A 股的发行制度存在漏洞，保荐机构无须对该股未来在二级市场的走势负责，对于上市公司而言也是圈钱越多越好，这导致它们"齐心协力"抬高新股的发行价，挤压二级市场的获利空间。

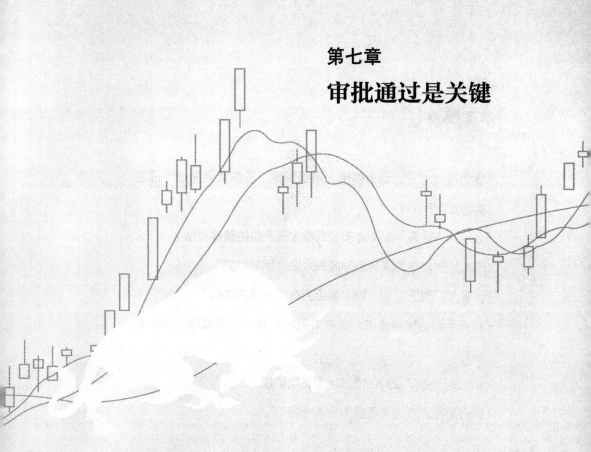

第七章

审批通过是关键

本章要点

- 重组进程划分为重组停牌、重组预案、股东大会通过、证监会通过4个时点
- 重组的"宝典"是《上市公司重大资产重组管理办法》
- 主力通过收集流通筹码为股东大会"保驾护航"
- 环保部门对于公司上市、重组拥有"一票否决权"
- 核查手段越来越先进,核查范围越来越广;手莫伸,伸手必被捉
- 市场对于采矿权的估值远远大于探矿权
- 破产重整逐渐成为重组的一条捷径

重组分为 4 个时点

对于任何一只重组股来说，披露重组预案只是第一步，或者说还只是"一相情愿"而已。因为这只是自己对外发布了一个借壳上市的意愿，后面还关系到股东答不答应，市场（包括媒体）有没有质疑，政府部门是否支持，监管部门会不会放行。

这么多事情，任何一处出现纰漏，都可能对重组前景造成致命的伤害。这个过程的参与者都应该清晰地了解，只有最终通过中国证监会的审核批准（业内称为"过会"），才能算是真正完成了重组。

因此，投资者很有必要了解上市公司重大资产重组方面的各项流程和法规，以便了解重组的进度情况，便于自己作出投资决策。

重组事件的进程可以划分为 4 个时点：重组停牌、重组预案、股东大会通过、证监会通过。按照不同进程的平均间隔时间来看，重组停牌到重组预案是 57 天，重组预案到股东大会阶段是 82 天，股东大会通过到证监会并购重组委有条件通过是 141 天，证监会有条件通过到证监会核准是 62 天。

有关统计显示，选取沪深 300 指数作为比较基准，采用事件研究方法分析重组事件进程中不同信息公告日前后股价走势情况，发现重组样本股受不同事件公告的影响迥然不同。相较而言，股东大会通过公告日前及证监会通过日前的一段交易日具有明显的超额收益。预案公告日后及重组停牌前的几个交易日也具有较明显的超额收益，但市场参与度较低。

预案公告日至股东大会公告日一段时间内，平均累计超额收益有1.24%，日平均超额收益为0.02%；股东大会通过公告日至证监会通过公告日内的平均累计超额收益是6.46%，日平均超额收益为0.07%。

重组方面最重要的法规，当属自2008年5月18日起施行的《上市公司重大资产重组管理办法》（以下简称《管理办法》）。重组的具体流程以及需要注意的问题，都在《管理办法》中作出了详细的规定。

根据重大资产重组的程序，上市公司与交易对方就重大资产重组事宜进行初步磋商时，应当立即采取必要且充分的保密措施，制定严格有效的保密制度，限定相关敏感信息的知悉范围。上市公司及交易对方聘请证券服务机构的，应当立即与所聘请的证券服务机构签署保密协议。

上市公司关于重大资产重组的董事会决议公告前，相关信息已在媒体上传播或者公司股票交易出现异常波动的，上市公司应当立即将有关计划、方案或者相关事项的现状以及相关进展情况和风险因素等予以公告，并按照有关信息披露规则办理其他相关事宜。

与此同时，上市公司应当聘请独立财务顾问、律师事务所以及具有相关证券业务资格的会计师事务所等证券服务机构就重大资产重组出具意见。

进行重组资产注入时，绕不开的一个问题是对拟注入资产的评估。根据《管理办法》规定，资产交易定价以资产评估结果为依据的，上市公司应当聘请具有相关证券业务资格的资产评估机构出具资产评估报告（具体如何进行评估，下文中将会有详细的阐述）。

上市公司购买资产时，应当提供拟购买资产的赢利预测报告。赢利预测报告应当经具有相关证券业务资格的会计师事务所审核。上市公司确有充分理由无法提供上述赢利预测报告的，应当说明原因，在上市公司重大资产重组报告书中作出特别风险提示，并在管理层讨论与分析部分就本次重组对上市公司持续经营能力和未来发展前景的影响进行详细分析。

投资者需要重视的是，赢利预测报告是一个非常有用的文件。因为投资确定性重组股，也是要看其未来前景如何，而赢利能力就是最为重要的一个参考指标。只有阅读到赢利预测报告，投资者才能推算出未来的每股收益，进而算出什么价格才是重组后合适的价格。

值得提醒投资者的是，由于担心未来的赢利预测不能达标，而要作出补偿，重组方往往会出具一份非常保守的赢利预测报告。也就是说，未来的业绩往往会超出赢利预测报告的预计。

上市公司董事会审议通过重组预案，并且对外披露并复牌交易后，接下来的一个环节，就是提交给股东大会批准。上市公司股东大会就重大资产重组事项作出决议，必须经出席会议的股东所持表决权的2/3以上通过。上市公司重大资产重组事宜与本公司股东或者其关联人存在关联关系的，股东大会就重大资产重组事项进行表决时，关联股东应当回避表决。上市公司就重大资产重组事宜召开股东大会，应当以现场会议形式召开，并应当提供网络投票或者其他合法方式为股东参加股东大会提供便利。

《管理办法》对于召开股东大会的规定，在很大程度上保护了中小投资者的利益。因为关联股东的回避表决，使得大股东不能参加投票，从而给予中小投资者更多的话语权，而且需要他们中的2/3以上通过，才能确认方案有效。此外，由于中小投资者前往异地参加股东大会的难度较大，提供网络投票，使得他们更便于表达自己的观点。

但业内一些秘而不宣的做法是，虽然因为关联关系，大股东要回避表决，**但一些重大重组背后的主力资金，会在二级市场收集流通筹码，从而以流通股东的身份投赞成票，为方案顺利通过"保驾护航"。**如果他们认为手中的流通筹码还是不够，甚至可以通过股东名单，找到持股量较大的流通股东，许以承诺，要求其投赞成票，业内称之为"拜票"。

由于控制了大部分流通筹码，这样的做法实际上是变相剥夺了散户行使自己的投票权的权利，即决定一个方案是否应该通过的权利。即使一个重组方案没有吸引力，或是明显不利于散户（比如说要缩股等），散户也只能眼睁睁看着其获得通过。因此，如果遇到这种情况，投资者应当及早判断方案的前景，并迅速决定自己的去留。

环保核查容易卡壳

如果被重组的上市公司属于国资背景，那么在股东大会通过后，还面临着国资管理部门的审批。

根据*ST偏转2010年5月18日公布的重组方案，作为重组方陕西炼石的一致行动人，上海中路（集团）有限公司出资1.1906亿元，以每股2.20元获得此前咸阳市国资委持有的5 402万股国有股。同时根据方案，*ST偏转将向陕西炼石定向增发2.98亿股（每股2.24元），购买其价值6.68亿元的剩余资产。

直到2010年8月9日，公司收到国务院国有资产监督管理委员会《关于咸阳偏转股份有限公司国有股东转让所持股份有关问题的批复》（国资产权 [2010] 760号），现对批复内容摘要如下：

一、同意将咸阳市国资委所持公司5 402万股股份（占总股本的28.95%）转让给上海中路（集团）有限公司。

二、按照《国有股东转让所持上市公司股份管理暂行办法》（国资委、证监会令第19号）的有关规定转让股份。

2011年2月8日，德力西集团拟协议收购江门国有资产管理局持有ST甘化的全部6 400万股股权。该项股权转让须获得广东省国资委及国务院国资委核准。直到 8 月 11 日，公司才收到控股股东江门市国有资产管理局转交的国务院国资委传真文件。国务院国资委于 2011 年 8 月 5 日通过了《关于江门甘蔗化工厂（集团）股份有限公司国有股东转让所持股份有关问题的批复》（国资产权 [2011] 788 号），同意江门市国有资产管理局将其所持公司 6 400 万股股份转让给德力西集团。

与此同时，环保核查也是资产重组面临的一个重大关卡。**随着国家对于环保工作的日益重视，环保部门对于公司上市、重组、新项目上马几乎拥有"一票否决权"。**具体来说，新项目都需要上报给当地的环保厅，环保厅公示无异议后，再上报给中华人民共和国环境保护部（以下简称环保部），并进行公示。只有通过环保关，重组方案才能流转到证监会审批。

2010 年 9 月 14 日，环保部公布了《上市公司环境信息披露指南》。该指南涵盖火电、钢铁、水泥、电解铝、煤炭、冶金、化工、石化、建材、造纸、酿造、制药、发酵、纺织、制革和采矿业等 16 类重污染行业上市公司，约涉及 575 家上市公司，占两市共计 1 947 家上市公司的 29.5%。

2011 年 2 月，环保部办公厅下发通知，要求省级行政区环境保护局严格开展上市公司环保核查工作。通知要求，对申请核查前一年内发生过严重环境违法行为的企业，各级环保部门应不予受理其核查申请。在核查过程中，公司仍存在违法情形的，环保部门应退回材料，并在 6 个月内不再受理其上市环保核查申请。

早在 2008 年 2 月，国家环保部就联合证监会推出"绿色证券"政策。根据规定，环保不过关，就不能上市或再融资。山西的金业煤焦化集团有限公司借壳频频失败，就被业内人士认为是与环保方面的限制有关。

2009 年 4 月底，梅花集团披露借壳五洲明珠（600873.SH）的方案。然而，5 月上旬，中央电视台《焦点访谈》节目播放了一则《良田变成污水坑》的社会新闻报道，这则新闻的主角恰恰是梅花集团。报道里提到，当地村民反映该企业不仅违犯《中华人民共和国环境保护法》（以下简称《环保法》），肆意排污，还存在违犯《中华人民共和国土地管理法》，擅自改变土地用途的问题。

次日，五洲明珠就收到上交所管理部的有关问询函，就其中提及的近日有关媒体报道梅花集团违法排污、擅自改变土地用途的问题及事项是否影响重大资产重组向梅花集团进行了询证并要求得到回函。

虽然五洲明珠在回函中称，根据相关工作组的意见，梅花集团已对涉及污染问题的下属一分厂（生产规模、占总收入的比重较小）进行停产整改，目前，梅花集团整体生产经营情况正常，不存在擅自改变土地用途的情形。然而，这一事件还是导致五洲明珠股价长时间盘整，众多本来看好重组前景的私募夺路而逃。

直到 2009 年 6 月，梅花集团所在地河北省霸州市人民政府对梅花集团环保问题的核查、整改情况及处理结果进行了通报，认定梅花集团一分厂存在部分违反环保法规的行为，廊坊市环保局依法对上述违法行为处以总额为 76 万元的罚款，此事才算告一段落。梅花集团最终涉险通过了环保部的核查。

此外，**由于要经过环保核查才能"上会"，因此对于很多还没有披露最终重组方案的公司，我们有可能在环保核查公示中找到蛛丝马迹。**

2011 年 9 月，暂停上市 4 年多的 S*ST聚友（000693.SZ）与陕西华泽镍钴金属有限公司（以下简称陕西华泽）的重组事项终于获得突破性进展。而这一消息的来源，正是国家环保部的一纸环保公示。

根据国家环保部披露的S*ST聚友上市环保核查情况的公示，本次环保核查的主体为借壳方陕西华泽及其全资子公司平安鑫海资源开发有限公司。陕西华泽成立于 2004 年，注册资金为 4 亿元，主营产品为电解镍、氯化钴及硫酸镍系列产品。经核查，公司基本上符合上市环保核查要求，公示期从 2011 年 9 月 7 日至 2011 年 9 月 16 日。

根据核查报告，以 2010 年 12 月 31 日作为基准日，S*ST聚友将全部的资产及负债以 0 元的价格出售给金融债权人指定设立的承债公司——北京康博（本次重组专门设立的壳公司），并由其承担 S*ST 聚友在基准日至交割日过渡期间的全部损益。S*ST 聚友拟以停牌前 20 个交易日均价每股 5.39 元的价格向陕西华泽的全体股东定向发行 3.45 亿股，购买陕西华泽 100% 股权，以实现其借壳目的。该资产作价参考 2010 年 12 月 31 日的评估价值（预估价值为 18.6 亿元）。

当上述"关卡"都一一过关之后，重组方案将面临最为重要的一次审核，那就是来自中国证监会的审核。

随着股权分置难题的破解，上市公司并购重组日趋活跃，方式不断创新，方案日益复杂。为适应新的形势，中国证监会 2007 年 9 月决定在发行审核委员会中设立上市公司并购重组审核委员会（以下简称并购重组委），以切实保证在上市公司并购重组审核工作中贯彻"三公"原则，进一步提高并购重组审核工作的质量和透明度。

受到并购重组委监管的事务主要有以下四类：一是构成上市公司重大资产重组的；二是上市公司以新增股份向特定对象购买资产的；三是上市公司实施合并、分立的；四是证监会规定的其他并购重组事项。

对于这些重大并购重组事务，并购重组委将进行四大类工作，包括审核上市公司并购重组申请是否符合相关条件；审核财务顾问、会计师事务所、律师事务所、资产评估机构等为并购重组申请事项出具的材料及意见书；审核证监会有关部门出具的初审报告；依法对并购重组申请事项提出审核意见。

根据《管理办法》规定，中国证监会依照法定条件和法定程序对重大资产重组申请作出予以核准或者不予核准的决定。中国证监会在审核期间提出反馈意见要求上市公司作出书面解释说明的，上市公司应当自收到反馈意见之日起 30 日内提供书面回复意见，独立财务顾问应当配合上市公司提供书面回复意见。逾期未提供的，上市公司应当在到期日的次日就本次重大资产重组的进展情况及未能及时提供回复意见的具体原因等予以公告。

上市公司在收到中国证监会关于召开并购重组委工作会议审核其重大资产重组申请的通知后，应当立即予以公告，并申请办理并购重组委工作会议期间直至其表决结果披露前的停牌事宜。

上市公司在收到并购重组委关于其重大资产重组申请的表决结果后，应当在次一工作日公告表决结果并申请复牌。公告应当说明，公司在收到中国证监会作出的予以核准或者不予核准的决定后将再行公告。上市公司收到中国证监会就其重大资产重组申请作出的予以核准或者不予核准的决定后，应当在次一工作日予以公告。

投资者关注环保核查的进展，主要是通过环保网站的公示（通常会有市级公示、省级公示、国家级公示三种）。公示期内如果有人提出异议，都会及时披露。此外，现在媒体对于环保方面的关注也很密切，一个方案出来后，投资者应当密切关注与该公司相关的报道（如梅花集团环保问题就是中央电视台报道出来的）。如果出现环保问题，公司一般都会通过公告披露，并说明此事的严重程度，当地政府也会出来表态，投资者可以从这些内容中判断环保问题只是一个小障碍，还是会将整个重组"搅黄"的因素。

内幕交易是核查重点

在审批借壳方案方面，是否存在内幕交易，是中国证监会抓得很严的一点。在停牌之前股价大涨的、陌生账户集中大量买入的，都存在内幕交易的嫌疑。

《管理办法》就明确规定，上市公司及其董事、监事、高级管理人员，重大资产重组的交易对方及其关联方，交易对方及其关联方的董事、监事、高级管理人员或者主要负责人，交易各方聘请的证券服务机构及其从业人员，参与重大资产重组筹划、论证、决策、审批等环节的相关机构和人员，以及因直系亲属关系、提供服务和业务往来等知悉或者可能知悉股价敏感信息的其他相关机构和人员，在重大资产重组的股价敏感信息依法披露前负有保密义务，禁止利用该信息进行内幕交易。

投资者想要判断一个重组是否涉嫌内幕交易，主要靠从重组方案中中介机构出具的核查意见了解。

2011 年 7 月，某公司披露定向增发方案，通过向数家公司的全部股东发行股份，吸收合并以上这些公司。此次交易资产的预估值为 14 亿元，扣除上市公司持有的目标资产价值后，参与换股吸收合并的价值预估为 13 亿元，以董事会决议公告日前 20 个交易日公司股票交易均价每股 25.67 元计算，发行数量合计约为 5 247.60 万股。

然而，根据律师事务所的核查，在本次交易重组董事会前 6 个月至重组预案公告日期间，事务所对重组涉及的内幕信息知情人包括 1 679 名自然人、被并方以及各中介机构进行了自查——总共有 48 名知情人存在买卖股票行为。

所以，投资者应当留意与重组方案一同披露的核查报告，如果出现这类内幕人买卖股票的情况，最好予以规避。

现在的核查手段越来越先进，核查的范围也越来越广，手莫伸，伸手必被捉。 在这个方面，内幕知情人士最好不要心存侥幸，而是要认识到，自己不利用内幕信息，实际上是保护了自己，也保护了整个重组的顺利进行。

原拟重组转型为矿业股的天山纺织（000813.SZ）就功败垂成。该公司披露，中国证监会上市公司并购重组审核委员会于 3 月 30 日召开会议，会议审核公司发行股份购买资产暨关联交易事项未获得通过。

在这句简短的话中，天山纺织并未披露重组被否的原因。但市场人士指出，在这次重组过程中，重组方新疆凯迪投资有限责任公司（以下简称凯迪投资）的高管深陷内幕交易案泥淖，或许是此次重组被否的重要原因。

2009 年 7 月 23 日，天山纺织宣布，因第一大股东正在筹划对公司的重大重组事项，股票当日起停牌。2010 年 6 月 18 日，天山纺织披露重组方案称，拟按照每股 5.66 元的价格向凯迪矿业、青海雪驰非公开发行 1.2 亿股，购买凯迪投资等持有的西拓矿业有限公司 75% 的股权。重组完成后，天山纺织的主营业务将增加铜矿采选项目，由原来的纺织股转型为炙手可热的矿业股。

复牌后，天山纺织的股价从原来的每股 6.57 元急速飙升，一口气连拉 5 个涨停板，稍作调整后，2010 年 9 月 1 日冲高至每股 17.8 元的最高价，在两个多月的时间内股价涨幅超过 150%。

然而，这一暴涨神话的背后还隐藏着不可告人的秘密。2010 年 9 月 17

日，中国证监会的通报称，天山纺织在 2009 年筹划重大资产重组期间，重组方高管人员姚荣江、曹戈等人涉嫌内幕交易、泄露内幕信息犯罪。证监会事后查明，在天山纺织股票停牌前，姚荣江和曹戈分别将重组信息泄露给王某和陈某。王和陈二人则利用各自控制的多个账户大量买入天山纺织股票，数目均在 100 余万股左右，涉案金额近千万元。

根据交易所监控发现的线索，证监会初步认定，姚荣江、曹戈等人的行为，涉嫌构成《中华人民共和国刑法》第 180 条规定的内幕交易罪及泄露内幕信息罪，达到立案追诉标准，因此将该案依法移送公安机关追究刑事责任。不仅如此，公安机关经立案侦查，已向人民检察院依法提请对涉嫌内幕交易、泄露内幕信息犯罪的姚荣江等一干犯罪嫌疑人批准逮捕。

类似的案例比比皆是，远不止一起。

探矿权与采矿权差别巨大

根据中国证监会 2011 年发布的《关于修改上市公司重大资产重组与配套融资相关规定的决定（征求意见稿）》（以下简称《征求意见稿》），在监管条件方面，《征求意见稿》从三个方面明确规定了借壳上市的监管条件。一是要求拟借壳对应的经营实体持续经营时间应当在 3 年以上，最近两个会计年度净利润均为正数且累计超过 2 000 万元；二是要求借壳上市完成后，上市公司应当符合证监会有关治理与规范运作的相关规定，在业务、资产、财务、人员、机构等方面独立于控股股东、实际控制人及其控制的其他企业，与控股股东、实际控制人及其控制的其他企业间不存在同业竞争或者显失公平的关联交易；三是要求借壳上市应当符合国家产业政策要求，属于金融、创业投资等特定行业的借壳上市，由中国证监会另行规定。

在监管方式方面，相比较 IPO（首次公开募股）是主体自身的规范上市而言，借壳上市主要关注上市公司与标的资产之间的整合效果、产权完善以及控制权变更后公司治理的规范，因此监管重点更加突出在持续督导的效果。《征求意见稿》强化了财务顾问对实施借壳上市公司的持续督导，要求财务顾问对借壳上市完成后的上市公司的持续督导期限自证监会核准之日起不少于三个会计年度，并在各年年报披露之日起 15 日内出具持续督导意见，向派出机构报告并公告。

《征求意见稿》还支持并购重组配套融资。国发 27 号文明确提出，支持符合条件的企业通过发行股票、债券、可转换债等方式为兼并重组融资，鼓励上市公司以股权、现金及其他金融创新方式作为兼并重组的支付手段。《征求意见稿》允许上市公司发行股份购买资产与配套融资同步操作，解除了相关二者分开操作的政策限制，实现一次受理，一次核准，有利于上市公司拓宽兼并重组融资渠道，有利于减少并购重组审核环节，有利于提高并购重组的市场效率，为进一步探索通过发行股票、债券、可转换债等方式拓宽并购融资渠道，不断创新和丰富并购融资工具开辟了通道。

在以前的操作之中，并购重组和融资是相分离的。往往是重组方先借壳上市，等到中国证监会批准了全部重组流程以后，再宣布向不超过 10 名特定的投资者进行定向增发，募集现金。这样一来，渴求资金的企业不得不为此等待更长的时间，导致财务成本增加。另外，由于需求增加，企业往往需要在股价方面进行控制，以既能募集到相当规模资金，又不会使股价大起大落。这势必会使股价无法全面反映企业的合理估值，对二级市场的投资者造成影响。

矿产资源是 A 股市场最受欢迎的概念之一，因此投资者有必要对资源股借壳上市的监管方式进行了解。

在矿业权的信息披露与评估方面，标的资产涉及矿业权的，要关注重组报告书是否充分披露标的资产的有关情况，包括矿业权证（勘察许可证或采矿许可证）情况——取得的时间、有效期、开采矿种、开采方式、矿区面积、开采深度、生产规模等。如果矿业权是出让取得，需要披露矿业权出让的合同号、批准文件和文号、矿业权价款已缴及欠缴情况；如果矿业权是转让取得，则需要披露矿业权交易价格及依据；如果是矿业权人出资勘察形成的矿业权，则应披露目前勘察及投入情况。

矿业权评估的基本情况，包括评估对象和范围、评估机构、评估委托人、评估目的、评估基准日、评估方法及评估价值等。评估选取的主要技术经济指标参数，包括可采储量、生产规模、矿山服务年限及评估计算服务年限、产品方案、评估采用的销售价格及基准日的市场价格、固定资产投资、单位总成本费用、折现率等。

2011 年 5 月，中国证监会对 2009 年并购重组项目审核反馈意见所关注的共性问题进行进一步梳理，并在 2009 年《并购重组共性问题审核意见关注要点》的基础上增加编制了 5 大关注点。其中，在矿业权信息披露方面，证监会将关注矿业权证、生产许可证书取得的情况，生产是否符合环保法规和政策要求，其他相关许可资质证书齐备情况，资源储量情况等。

值得注意的是，探矿权和采矿权有着非常大的不同。探矿权意味着只是有资格在某一片区域进行勘探，此地有什么矿产，储量如何，都是未知数。而且即使已经探明，未来国土资源部门会不会授予采矿权，都还不确定。

采矿权是已经探明了有什么属性的矿产，储量如何，并且自己拥有开采该矿产的权利，可以立即将矿产挖出来变现。因此，**市场对于探矿权和采矿权的估值是不同的，后者的估值会远远大于前者。**

由于关于重组股的流程较多，投资者有必要掌握一套系统的知识，才能从容应对。当前最实用的书籍，莫过于报考证券从业资格所需学习的 5 门课程。国内所有从事证券业、基金业的人员，都需要取得这个资格证书，可见其重要性。

这 5 门课程分别是《证券市场基础知识》、《证券交易》、《证券发行与承销》、《证券投资分析》和《证券投资基金》。做资产重组股必须吃透《证券发行与承销》，才能知道办事的具体流程；通过阅读《证券投资分析》，可以知道如何给不同行业不同生命周期的上市公司估值（投行和金融机构的判断依据）；《证券投资基金》让人知道基金是如何科学管理投资风险的，有哪几道防火墙，基金的投资决策执行流程是如何的，仓位是如何管理的；《证券交易》解释了什么时候股票会停牌，停牌的时间长短，以及涨跌幅的限制等。这些都是非常实用的知识。

破产重整成为重组捷径

随着《中华人民共和国企业破产法》（以下简称《破产法》）的施行，中国股市上存在着为数不少的破产重整。对于破产重整类股票的投资，是做确定性重组股的一个重要方面。

根据《破产法》，当企业不能清偿到期债务，且资不抵债或明显缺乏清偿能力时，债权人和债务人都可以向法院提出重整、和解或破产清算的申请。

上市公司一旦破产清算就会被宣告退市，上市公司的地位将不复存在，无论对上市公司本身还是债权人、职工、股东（包括股民）而言都是一个各方俱损的结果，对地方和社会也是一个损失。破产重整，对债权人而言，受偿率比破产清算状态得到提高；对上市公司而言，企业实现减债，为重组方进入创造了条件，企业能够盘活、存续并发展；对债权人、职工、股东（包括股民）以及公司本身都是一个共赢的局面，并且有利于社会稳定，有利于地方和社会的发展。

上市公司的破产重整是为防止上市公司破产清算而采取的挽救性措施，是企业资产重组的重要方面，其主要涉及投资者、债权人等各方面的利益诉求，特别是中小投资者的利益。上市公司面临破产时，中小投资者的投资面临着全部蒸发的危险，但是中小投资者在公司的经营管理中由于表决权受限，对公司的经营管理实际上处于不知情也不能控制的境地。对上市公司进行破产重整也是挽救中小投资者投资的重要方面。**因此，在上市公司破产重整的过程中必须进行利益平衡，这也是上市公司破产重整的指导性思想。**

随着破产重整的施行，股东方面按照一定的比例，让渡部分股权给债权人，使上市公司不再背负任何债务，成为一个干净的空壳，从而有助于开展重组。一般情况下，会由公司的债权人向法院提请对公司进行破产重整，法院审核通过后会给出确切的停牌时间和重整时间。**投资者需要牢记停牌时间，并关注停牌前股价的走势情况、换手率情况。如果股价坚挺，换手率持续放大的话，证明主力资金在有目的地参与重整，**投资者也就可以瞄准机会进去，搭上顺风车。

第一家成功进行破产重整的浙江海纳，现已改名为众合机电（000925.SZ）。2007 年 11 月，法院批准了由公司债权人会议通过的重整计划。2008 年，浙江海纳将破产重整计划执行完毕，成为一个"净壳"，随后进行了资产重组，改名为众合机电，主营业务由单一的半导体节能材料拓展为以节能减排和轨道交通业务为方向的大机电产业。

但让渡股权对于投资者来说却是个麻烦事，因为这将导致投资者的持股成本抬高。例如 2010 年 *ST 深泰（000034.SZ）的公告称，根据管理人制订的重整计划草案，破产重整计划涉及出资人权益调整的方案为：深信泰丰公司全体限售流通股股东无偿让渡所持有的限售流通股的 15%，全体流通股股东无偿让渡所持有的流通股的 10%，总计让渡深信泰丰公司股票 4 426.4819 万股。

以 *ST 鑫安（000719.SZ）为例，它的第一大股东河南花园集团持股 3 750 万股，持股比例为 28.99%；第二大股东河南永盛投资担保有限公司持股数量 3 622.5 万股，持股比例为 28%；第三大股东河南觉司科技公司持股 647.3 万股，持股比例为 5%。按照重整计划的安排，上述前三大股东的让渡比例分别为 70%、67%、50%，流通股股东的让渡比例为 15%。

虽然破产重整能够保护一家公司避免注销，但在实际操作中，获益最大的当属重组方。因为重组方案中，增发价格应该是停牌前 20 个交易日的均价。但如果是破产重整的话，增发价格可以由双方协议确定，这样留下的空间就非常大。

根据中国证监会《关于破产重整上市公司重大资产重组股份发行定价的补充规定》的规定，上市公司进入破产重整程序，经人民法院裁定批准的重整计划中涉及公司重大资产重组拟发行股份购买资产的，其发行股份价格可由相关各方协商确定。

2009 年 12 月 4 日，*ST 偏转由于"不能清偿到期债务，且有明显丧失清偿能力之可能"而进入破产重整程序。

*ST 偏转（000697.SZ）的特别之处在于，它的破产重整计划是与资产重组计划挂钩的。因为 *ST 偏转重整计划中包括了控股股东咸阳市国资委的股权转让、资产置换以及重组方的资产注入。

按照 *ST 偏转披露的《发行股份购买资产报告书》，公司拟以每股 2.24 元的价格定向增发不超过 2.94 亿股，收购陕西炼石矿业公司 100% 股权与公司自有资产置换的差额。此外，上海中路集团作为陕西炼石矿业公司的一致行动人，将收购控股股东咸阳市国资委持有的 5 402 万股 *ST 偏转。*ST 偏转停牌前二级市场股价是每股 9.78 元，增发价格仅仅只有每股 2.24 元。这就显示出了破产重整的"威力"，大大降低了重组方的成本。

然而，**随着破产重整的案例越来越多，不少人将此当成一个进行重组的捷径，不仅可以减少重组过程中的"陷阱"，还可以大大降低重组成本。**因此，不少其实并没有到资不抵债地步的上市公司，也被运作成为"破产重整"。

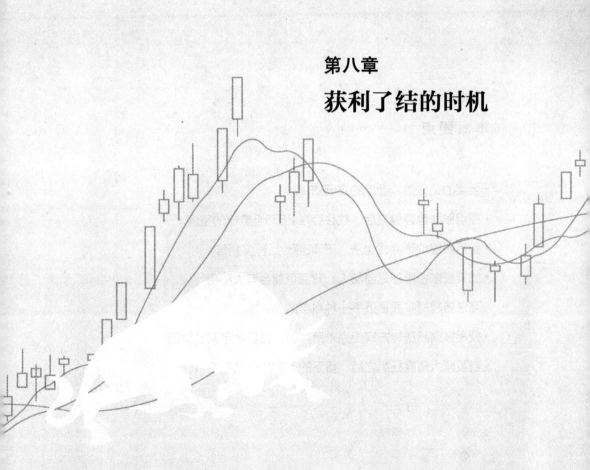

第八章

获利了结的时机

本章要点

- 会买的是徒弟，会卖的是师傅

- 重组股涨停翻倍之后，往往存在1倍乃至数倍的空间

- 重组股股价脉冲式上涨，下调30%后再度翻倍

- 如果股东名单都是自然人，背后可能会有大秘密

- 高送转题材实质上近乎一种数字游戏

- 公司披露高送转方案但尚未落实时，投资者可乘胜撤离

- 当股票大角度狂飙之后，留下的可能是一地鸡毛

涨 1 倍，回调 30%

市场上有一句流传很广的话："会买的是徒弟，会卖的是师傅。"

股票只是一个凭证，投资者将资金兑换成这个凭证，尔后再将这个凭证兑换成资金。中间的差价，形成利润或者是亏损。

投资者买入股票，最终都是为了卖出。因为股票没有任何实用价值，只有兑换成真金白银之后，才能发挥自己的用途。这也就是说，投资者从买入股票那一刻开始，就是为了寻找合适的时机卖出，不管中间的过程是持有一天，还是持有 10 年，都不改变其性质。

对于投资确定性重组股来说，买入一只股票并不是只图三五个点就走人，而是放长线钓大鱼，因此对于找出卖出的时机，有一套量身定制的方法。

卖出一只股票最为直观的方法，就是看该股已经出现了多大的涨幅。总的来说，出现的涨幅越大，投资者越要睁大眼睛，看看是否到了卖出的时候。当然，这并不是决定性因素，一涨再涨的股票也是大量存在的，还是需要具体分析。

一般来看，股票从停牌到披露重组预案并复牌后，往往会连续"一字涨停"，出现 1 倍左右的涨幅，这样的情形在 A 股市场比比皆是。

这是因为，在停牌前潜伏进去的资金，面对 1 倍的巨额收益，存在落袋为安的心理。而且它们不知道打开涨停之后，股价到底是会继续上涨，还是会掉头下跌。如果上涨了还好，要是下跌的话，它们就会后悔自己没有早点卖出，以避免利润缩水。综合这样的心理，在涨幅达到 1 倍左右，获利盘开始出货，股价也开始在这里出现盘整。

2011 年 4 月 29 日，华阳科技（600532.SH）公布重组预案，预案包括资产置换和发行股份购买资产。华阳科技置出全部资产和负债，并以每股 9.5 元的价格向宏达矿业、孙志良、金天地集团和张中华发行股份，收购上述股东持有的宏达矿业本部拥有的经营性资产及相关负债、金鼎矿业 30% 的股权、东平宏达 100% 的股权、万宝矿业 100% 的股权。在获注约 27 亿元的铁矿石资产后，公司由亏损严重的农药类公司变身为铁矿石采选类公司。

受涉矿题材的利好刺激，华阳科技连续拉出 7 个涨停，从停牌前的每股 9.79 元，一路上涨到每股 19.09 元，7 个交易日累计涨幅达 94.99%。

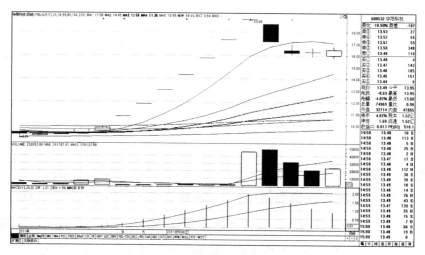

图 8-1　华阳科技连续拉出 7 个涨停

类似的案例屡见不鲜。稍早一点的 2011 年 3 月 31 日，大成股份（600882.SH）发布公告称，拟在置出现有资产的同时购买华联矿业 100% 的股权，变身为以铁矿石采选为主营业务的矿业企业。大成股份向华联矿业的

9 名股东齐银山等定向增发 1.78 亿股，发行价格为每股 8.52 元。华联矿业拥有铁矿石保有资源储量约 8 200 万吨，可采资源储量约 5 000 万吨，两处韩旺铁矿卧虎山矿段和下沟矿区两处采矿权以及东长旺—马家沟地区铁矿一处探矿权。三个矿区核定总产能为每年 410 万吨，根据其目前生产能力及排产计划，华联矿业资源储量可开采至 2045 年。

大成股份于 1 月 17 日停牌，停牌前报收于每股 9.2 元。复牌后，该股出现了 7 个涨停，其中连续 6 个"一字涨停"，随后还在惯性的基础上顽强向上走了几步，最高价达到每股 21.11 元，相较停牌前的涨幅达 129%。

由于 2011 年上半年大盘的行情乏善可陈，加之铁矿石概念当时在市场上并不流行，所以当上述两只股票出现 1 倍左右的涨幅后，便后继乏力，获利盘汹涌而出，随后，股价也出现一定幅度的下挫，并且陷入长时间的盘整。

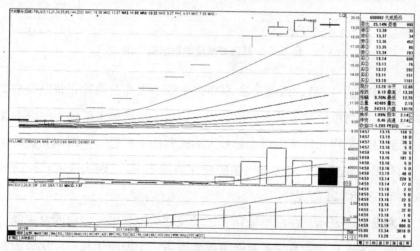

图 8-2　大成股份最大涨幅达 129%

因此，当出现这样的情况时，**投资者可以在涨幅达到 1 倍，并且涨停板开始松动的时候，考虑获利了结**，以最大限度地保存胜利的果实。即使很看好重组方案，也完全有可能在后面以更低的价格买回来。

以上所讲的，是"一字涨停"直接翻倍的重组股票，这种股票除了前期就潜伏在内的投资者，外面的投资者几乎不存在参与的机会。

但还有一种股票，披露了重大利好的重组方案后，并没有出现直接翻倍式的涨停，这对于投资者来说，参与的价值就大大增加了。

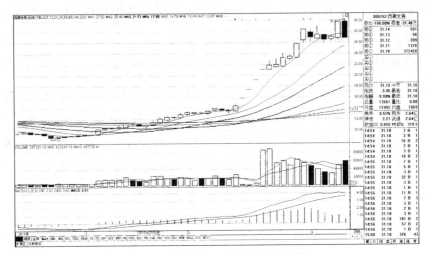

图 8-3　西藏发展复牌后涨幅 1 倍

2011 年 3 月 15 日，西藏发展（000752.SZ）发布公告称，将以现金 2 亿元参与设立德昌厚地稀土矿业有限公司。德昌大陆槽稀土矿位于中国主要的稀土资源带之一四川省凉山州，是最大的民营稀土矿之一。四川立诚矿业评估咨询有限公司对该矿权出具《采矿权评估报告书》，确认该采矿权的价值为人民币 63 686.21 万元。

西藏发展还表示，德昌厚地稀土正式成立后，将进一步向西昌志能、德昌志能购买采矿权、现有采矿及选矿成套设备、土地使用权、厂房等固定资产，以达到稀土矿的开采和加工能力，并将申请扩大探矿权，对德昌大陆槽稀土矿 3 号矿体进行进一步详查，进而取得采矿权。同时，还将对矿山进行综合整治，以提高采矿能力；对矿厂进行技术改造升级，以提升回收率，提高稀土精矿的产量。

在过去的一个半月时间里，西藏发展从最低每股 8.62 元一路上涨，涨至停牌前的每股 14.41 元。但复牌后，由于是当时市场最受追捧的稀土概念，该股依然出现连续 4 个"一字涨停"。由于前期涨幅巨大，市场担心股价可能已经到头，随后涨停板终结。然而，即便如此，西藏发展还是连续震荡上涨，短期内最高价达到每股 30.24 元，正好是停牌前股价的 1 倍左右。如果从起涨前的底部算起，则是将近 5 倍的涨幅了。

涨幅 1 倍，是针对普通的重组股而言的。那些很被市场看好的，**在涨停1 倍之后，往往还可能出现 1 倍乃至数倍的上涨**，这些是投资者最大的获利来源。

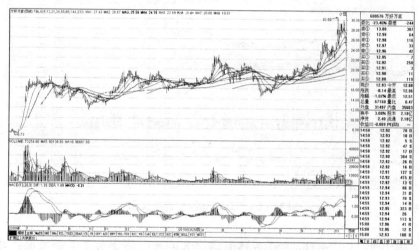

图 8-4　万好万家打开涨停后再次翻番

2009 年 6 月，开采金矿等资源的天宝矿业拟借壳万好万家上市。金矿历来是 A 股市场最受欢迎的概念之一。方案甫一披露，该股就出现连续 7 个涨停，一直抵达每股 15 元左右的价格，顺利实现翻番。

随后，虽然股价随着大盘也是几经震荡，但看好该股的资金依然不抛弃不放弃，最终将股价推上了每股 30.50 元的高点。相较于打开涨停时的价格，股价再次实现了翻番，期间介入该股的投资者无不是赚得盆满钵满。

后来，由于大股东不断减持，以及谢风华内幕交易案（前文已有表述），此次借壳上市功败垂成，导致股价出现大幅下跌。但从前期的股价走势情况来看，整个投资推理过程是合乎逻辑、能实现赢利的。

实际上，根据我们的提醒，当股价在原有的基础上，涨幅再度达到1倍时，应当多加注意。因为这个幅度同样会引起投资者持股心态不稳，一不小心就会引发"踩踏事件"。

*ST威达（000603.SZ）在这方面同样是一个很经典的案例。

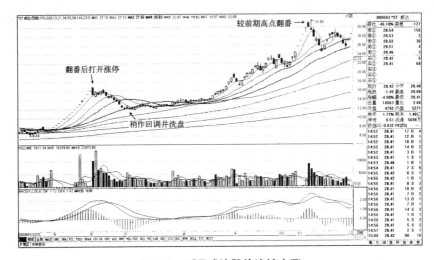

图8-5　*ST威达股价连续大涨

2010年11月4日，*ST威达酝酿已久的重组终于有了最新进展：北京盛达振兴实业有限公司及赤峰红烨投资有限公司、自然人王彦峰及王伟拟以其合计持有的银都矿业62.96%的股权与上市公司截至评估基准日合法拥有的全部构成业务的资产进行置换，同时以资产置换差额认购上市公司非公开发行的新股。

重组完成后，*ST威达主营业务将变更为银、铅、锌等有色金属的开发、生产、加工与销售。至于置入资产方面，根据公告，置入资产的评估报告是在银都矿业于2012年12月31日之前能够取得生产规模为每年90万吨的采矿权许可证及扩能至每年90万吨为重要假设下作出的。

因为*ST威达转型后的白银概念，股价涨势丝毫不弱于万好万家转型后的黄金概念。复牌后，*ST威达从每股 8 元开始猛涨，一直到每股 16 元才打开涨停并洗盘。稍作休整之后，股价再度向上攀岩，最高价触及每股 31.84 元，涨幅较打开涨停后的每股 16 元，正好是 1 倍的距离。

涨到这个位置，*ST威达股价又开始大幅下挫，部分获利盘拿着 1 倍的利润，心满意足地离去，并将股价打压到了每股 21 元的位置，跌幅深达 30%。如果股价要从这个位置涨到每股 30 元的话，涨幅则要达到 50% 才行。这样的计算结果，使得不少意志不坚定的投资者胆战心惊。

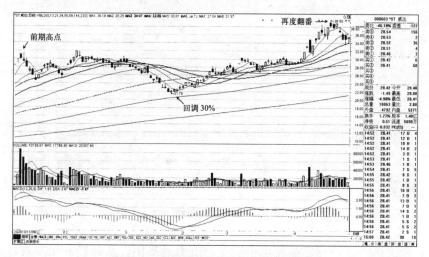

图 8-6 *ST威达下跌 30% 后再度翻番

然而，好的概念永远不怕折腾。当*ST威达的股价从每股 31.84 元跌到每股 21.70 元后，该股振作精神，重新出发，很快又涨回到了每股 39.60 元，不仅超过了前期高点 31.84 元，还成功实现了第三次股价翻番。此时，距离股票停牌前每股 8 元的价格，已经实现了将近 4 倍的涨幅，时间只有短短的一年而已。

由此可见，*ST威达的股价是呈现**脉冲式**的走势，上涨 1 倍后，下调 **30%，然后再度翻倍，周而复始**。究其原因，是 2010 年以来，随着美债、欧债危机的爆发，国际金价、银价出现大幅上涨，相关矿产类公司纷纷受益。因此，投资者可以密切关注白银价格。如果银价并没见顶，那么 *ST 威达脉冲式的走势也不会轻易终结。善于操盘的投资者，可以根据这一走势情况进行高抛低吸，扩大胜利果实。没有时间交易的投资者，也可以安然持股，等待最后的胜利，赢利能力也将远超同期大盘。

热门概念股反复走强，是市场上常见的共通现象。

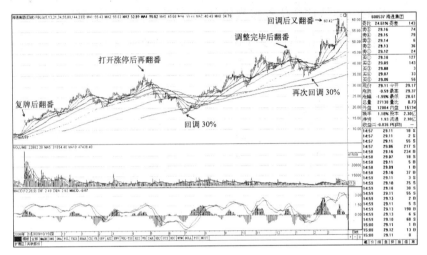

图 8-7 海通集团的走势也是"三下五除二"

光伏热门股——亿晶光电借壳上市的海通集团，从每股 8 元左右起涨，打开涨停时已是每股 15 元；随即该股又继续强势上攻，直至翻倍到每股 30 元；在经过一轮深幅度调整到每股 20 元左右之后，股价又出现一轮飙升，涨到每股 40 元以上；从每股 40 元调整到每股 32 元之后，又一轮迅猛地上攻，直到每股 60.42 元的阶段性顶部。

海通集团的走势，基本上符合涨 1 倍回调 30% 的原则。反复几次之后，股价在不经意间就已经高高在上了，这就是牛股的威力。**投资者想要在这样的股票上获利，一方面要清晰地认识市场环境和该股的基本面，另一方面，要有坚定的持股决心，把刚才介绍的原则铭记在心，踩准时点。**

股东名单异变的秘密

每一只基本面发生重大改变的重组股背后都会有一笔"神秘"的资金参与其中，甚至是引导走向。作为普通投资者，很难弄清楚这笔资金的来龙去脉，及这笔资金到底有多大规模。在这种情况下，有一种讨巧的方法，可以间接判断该股的主力情况，那就是查看公司的前 10 大股东名单。

如果股东名单中大多数是一些机构投资者，比如基金公司、证券公司、财务公司，甚至社保基金等，那么该上市公司应该属于大白马，不大可能存在隐而不发的重组内幕。

但如果股东名单都是一些名不见经传的自然人，或者是一些看似规模很小、跟投资关联度不大的公司，那么就应该加以重视，因为这背后可能会有很大的秘密。

表 8-1　盛屯矿业 2011 年半年报中的股东名单

股东名称	持股数量（万股）	持股比例（%）
雄震集团	1513	9.272
姚国际	96	0.594
白溶溶	88	0.539
洪志忠	81	0.500

（续表）

股东名称	持股数量（万股）	持股比例（%）
姜琳琳	74	0.457
薛智杰	70	0.434
吴舒畅	64	0.396
薛智华	59	0.362
方福全	56	0.344
方毅斌	55	0.340

截止日期：2011 年 6 月 30 日

表 8-2　盛屯矿业 2009 年三季报中的股东名单

股东名称	持股数量（万股）	持股比例（%）
黄巧媛	261	3.294
薛智杰	123	1.548
方毅斌	119	1.510
师金彩	110	1.392
翟俊义	87	1.104
黄贻思	68	0.856
余瑞敏	67	0.850
高美茹	58	0.737
卓晓玲	53	0.675
孝　迎	46	0.587

截止日期：2009 年 9 月 30 日

这是盛屯矿业（600711.SH）在 2009 年 9 月 30 日和 2011 年 6 月 30 日两个阶段的前十大流通股东名单。从两份名单对比中可以看出，有多名股东在这期间一直持有该公司的股票，而且持股金额都在 500 万元以上，甚至到数千万元。如果翻阅该公司历阶段的股东名单，这种特征会更加明显。

盛屯矿业是沪市主板公司中股本最小的公司之一，公司原名 ST 雄震。

2010年3月30日，公司发布非公开发行预案，拟以每股10.22元，向数名自然人定向增发6 506.85万股A股，募集约6.52亿元，用于收购增发对象持有的内蒙古锡林郭勒盟银鑫矿业有限责任公司72%的股权，同时受让转让方持有的对银鑫矿业的相应债权33 171万元。

此次收购的银鑫矿业拥有1个采矿权、1个探矿权，即道伦达坝铜多金属矿区的采矿权和热哈达铅锌多金属矿区的探矿权。道伦达坝铜多金属矿产主要是铜矿，其中铜矿石量1 769万吨，铜金属量16万吨；锡矿石量192.47万吨，锡金属量23 785吨；钨矿石量163万吨，钨金属量32 723吨；银主要伴生于铜精矿中，银金属量547吨。

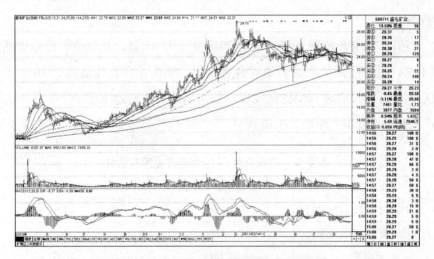

图8-8 盛屯矿业在披露增发预案后暴涨

披露增发预案之后，盛屯矿业开始暴涨，但在涨幅接近1倍的情况下，开始了大幅度的洗盘，股价几乎跌回原点，使得不少中小散户欲哭无泪。然而，就在市场对其绝望的时候，该股却开启了大行情，涨幅超过1倍，最高触及每股29.70元。

不管是股价大幅下跌，还是一路震荡上涨，如果投资者觉得信心不足，完全可以看看公司的股东榜，上述自然人股东信心满满地岿然不动，他们尚且投入了那么大的资金，中小投资者又有什么好担心的呢？

所以，如果投资者研究透了基本面背后的奥秘，完全可以在增发预案披露之后介入到该股，然后密切关注股东榜，相信他们齐刷刷大举买入的背后，隐藏着一轮爆发性的行情。

神秘股东的精准投资，在广晟有色上面体现得更加淋漓尽致。

2009 年年初，重稀土概念股广晟有色借壳 ST 聚酯（600259）上市，股价从每股 8 元涨到最高每股 22 元，涨幅接近 2 倍。随后该股陷入窄幅调整，调整时间长达一年，使得很多投资者都对该股失去了信心，另寻他股。

但对于这样一只概念独特的确定性重组股，每股 22 元是不是该股的终点呢？

打开广晟有色的股东榜，截至 2010 年 3 月 31 日，名单中的股东依然波澜不惊，没有任何征兆说明该股会有变化。然而，在公司披露 2010 年半年报后，细心的投资者却惊讶地发现，股东名单奇迹般地来了一个"乾坤大挪移"，里面的股东几乎换了个遍。

表 8-3　广晟有色 2010 年半年报股东名单

股东名称	持股数量（万股）	持股比例（%）
中国东方资产管理公司海口办	1067	4.278
广发稳健增长证券投资基金	500	2.005
王素芳	161	0.647
王洪生	130	0.521
楼　华	92	0.369
叶　林	87	0.352
项会蓉	68	0.276
王孝安	58	0.235
杨清芬	55	0.221
王　朔	51	0.208

截止日期：2010 年 6 月 30 日

随着新股东的进驻，广晟有色的股价也一改往日"一潭死水"的沉闷，渐次活跃起来。终于，在 2010 年 7 月，该股完成最后一次调整后，一路向北，不再给踏空的人任何机会，完成了 2010 年最牛股票的华丽转身。在这个过程中，新股东们一路随行，成为最大的赢家。

在经历这一轮暴涨之后，随着概念的褪色和大盘的走弱，广晟有色也从每股 100 元的高位逐渐回调到每股 50 元的位置，跌幅为一半。但投资者查阅 2011 年 6 月 30 日的股东名单，上述股东的变化不大，大部分人还是在死死坚守着，这是不是意味着，广晟有色的股价还远远没有到头呢？

值得提醒投资者注意的是，虽然经历过了大起大落，但如今这只资本市场人尽皆知的股票，其总股本只有 2.49 万股，流通股本只有 1.22 万股，在主板市场的规模仍然很小。至于市场上颇受欢迎的通过高送转扩大股本、降低股价的做法，公司一次都没有施行，难道公司会不了解这个做法吗？

为何追捧高送转？

A股市场有一个非常独特的现象，每年上市公司披露年报、半年报的时候，一些股本较小、资本公积金较高的上市公司，都会受到资金的青睐，因为它们往往有能力、有意愿进行高送转。率先披露进行高送转的上市公司，更是会被市场热炒得一塌糊涂。而在海外成熟市场，分红是大多数公司回馈股东的主要方式。

与海外市场不同，A股上市公司更注重从股市融资，而不愿多分红，股东无法获得长期投资应有的回报，股价差价短期投机成为股民主要的投资收益渠道。对于上市公司分红的现状和存在的问题，不少学者建议有关部门从政策、制度上严格规定上市公司分红。首先应增加上市公司分红，红利所得税、资本利得税和印花税政策要统筹考虑改革方案，使投资者可以通过长期持股分享经济成长的成果。

实质上，高送转题材近乎于一种数字游戏，其本身不可能对上市公司产生重大影响。对于投资者来说，相当于把 10 块钱分成了两张 5 块钱，基本上没有差别。

数据显示，截至 2010 年 3 月 17 日，在已公布年报的 495 家上市公司中，共有 353 家公司公布了分红送转方案，并已有 4 家实施完毕或正在实施，占比高达 71.3%。而此前，公布 2009 年度年报的 1 751 家上市公司中，实施分红送转的为 1 046 家，占比为 59.7%。

既然如此没有"意义"，那么上市公司为何竞相高送转呢？

第一，上市公司股本太小，如果股价跌到较低水平，场外资金只要花费不多的钱，就可以获得较大比例的股份，甚至是公司的控股权。因此为了维持自己的控股地位，大股东希望高送转扩充股本。

第二，股本太小，会导致股票的流动性较差，交投不活跃。真正看好公司的机构，也无法大举买入，不然会引起股价大幅波动，要出货的时候也难以找到接盘方，所以机构也希望公司扩大股本。

第三，上市公司扩大股本、增加市值，是为将来再融资铺路的主要途径。股本大，将来再融资会方便一点，另外，送转之后绝对股价变低，有利于将来再融资。

第四，A 股市场的投资者历来就有炒低价股的习惯。例如，一只股票从每股 3 元涨到每股 6 元，股价上并不显山露水，但如果从每股 50 元涨到每股 100 元，虽然同样是翻倍，却会给持有人造成很大的心理压力，这就是投资低价股的逻辑所在。

我们在上文中提到的广晟有色，该股的股本较小，没有进行过高送转，而且公司进行矿产开采、投资，未来还存在再融资需求。综合来看，股价的走势还远远没有到头，这也是那些精准投资该股的股东依然坚守不动的原因。

2008 年 12 月，西部资源完成了重大资产置换，主营业务由房地产开发和工程建设转变为铜矿采选。在这种背景下，公司开启了高送转之旅。2008 年年报实行 10 转 4，2009 年中报 10 转 4，2010 年年报实行 10 送 4 派 0.45。

实际上，对于这种频繁高送转，公司内部并不是没有异议。2009 年 7 月 30 日，西部资源在半年报中再次通过了"每 10 股转增 4 股"的议案，西部资源总经理余盛对该议案投了反对票，理由是转增后资本公积金过低。但独木不成林，该议案还是得到了董事会审议通过。

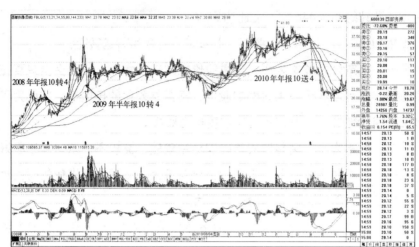

图 8-9　西部资源多次高送转，除权后股价已经很高

在连续三次高送转之后，西部资源的股价都是除权后迅速填权。因此，虽然从盘面上来看，公司股价似乎一直是在震荡，实际上涨幅已经很大。而且由于多次除权，不关心该股的人完全感觉不到这种涨幅，而参与者低调地实现了"闷声发大财"。

相较于西部资源的通过多次连续高送转达到目的，梅花集团（600873.SH）的手笔要大得多。2011年1月底，梅花集团在披露2010年年报的同时，还推出了堪称史上最为慷慨的高送转方案。公司拟以当前10.08亿股总股本为基数，向全体股东每10股转增16.861股的同时派发现金股利5元（含税）。

实际上，五洲明珠股东之所以能获取如此优厚的分红大礼，是沾了国家相关法律规定的光。2009年4月，五洲明珠宣布将以定向增发的方式吸收合并梅花集团。由于梅花集团是外商投资股份有限公司，根据原对外贸易经济合作部、国家工商行政管理总局《关于外商投资企业合并与分立的规定》第18条规定："公司与中国内资企业合并后为外商投资企业，其投资总额为原公司的投资总额与中国内资企业财务审计报告所记载的企业资产总额之和，注册资本为原公司的注册资本额与中国内资企业的注册资本额之和。"

当时五洲明珠的注册资本为1.08亿元，梅花集团的注册资本为26亿元，因此在吸收合并完成后，五洲明珠的注册资本应为27.08亿元，公司此番进行如此高比例转增，即是为满足注册资本的要求。

有意思的是，虽然梅花集团宣称高送转是国家法律规定所致，但在接下来的2011年4月，公司却又不失时机地推出了定向增发方案，拟向不超过10名对象增发不超过3.2亿股，募集资金约45亿元，分别投入年产30万吨复混（合）肥综合工程、年产10万吨赖氨酸和1万吨核苷酸工程项目、年产6万吨苏氨酸和5千吨谷氨酰胺等小品种氨基酸工程项目，分别对应募集资金投入额为14亿元、13.9亿元和17.1亿元。

这种"天价"高送转后，立即天价再融资，手法堪称娴熟。

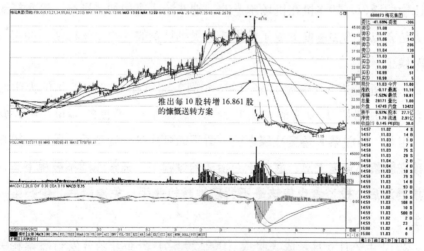

图8—10 梅花集团高送转后不失时机再融资

如果说广晟有色因为尚未进行过高送转，而值得继续持有的话，那么西部资源和梅花集团在经历高送转之后，则开始逐渐丧失上涨的冲劲。一般而言，**在公司披露高送转方案但尚未进行高送转的时候，股价会被场外资金继续推高，此时正是明智的投资者乘胜撤离之时。**

抓住最后的狂欢

对于不少牛股来讲，它们的走势呈现出惊人的相似。如果用飞机起飞来作比喻的话，一架飞机在机场跑道的一端开始注速和加速滑行，等到气流和抬力结合点上的加速度形成了最终托起飞机重量的动力，飞机便到冲霄而起的时候了。

一位研究者经过研究 1886~1996 年间美国所有 4 年涨 15 倍的大牛股后发现，牛股都是以 30 度的仰角开始启动，随后以 60 度的仰角开始大飙上冲。但是，**当股票大角度狂飙之后，留下的可能是一地鸡毛。因此，投资者应该在股票小角度上涨、底部不断抬高的过程中，抓紧股票不被甩下车；当股票暴涨后，投资者也应该毫不留恋地趁机脱手，免得最后"尘归尘，土归土"。**

2010 年 7 月 6 日，成飞集成（002190.SZ）公布非公开发行股票相关事宜，公司将通过非公开增发 1.06 亿股，募集不超过 10.2 亿元的资金。本次非公开发行募集资金扣除发行费用后的净额将全部用于增资中航锂电建设锂离子动力电池项目。这个"锂电概念"也正是成飞集成股价暴涨的原因。仅一个夏天，成飞集成的股价，就由 6 月底的每股 10 元，涨到了 9 月初的每股 50 元，涨了 4 倍。

从图 8-11 上可以看出，成飞集成的股价也是平缓地上涨，从每股 8 元多涨到每股 10 元左右。随着增发方案的披露，出现了一定的涨幅，但很快又陷入横盘状态。这一阶段，算是股价的平缓上升期。猛然间，股价被迅速拉起，然后一去不回头地暴涨，最后几个交易日更是连续涨停，每天都创新高。这样的状况，基本上意味着该股已经进入癫狂状态，每一天都可能是上涨的最后一天。面对这样的情况，所有理智的投资者都应该睁大眼睛，在股价不能收在涨停价位置的时候，迅速出货。

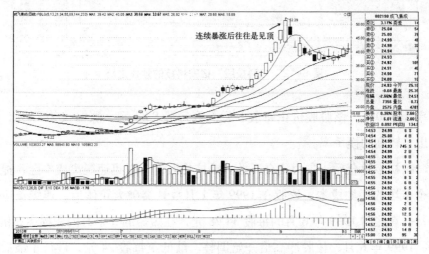

图 8-11　成飞集成股价暴涨后回归

果然，2010 年 9 月 9 日，成飞集成股价虽然创下了每股 52.29 元的新高，但股价涨幅只有 7.6%，并没有涨停，这意味着顶部的来临。果不其然，从第二天开始，该股就陷入了长时期的调整。

A 股历史上，这一手法玩得最为娴熟的，非亿安科技（000008.SZ，现已更名为 ST 宝利来）莫属。

虽然事实证明亿安科技的炒作只是一个骗局，但该股的走势却非常经典。

从 1999 年开始，亿安科技摇身变成当时最热门的科技股，随后开始了一轮疯狂炒作。该股建仓阶段主要在 1998 年 10 月到 1999 年 1 月，期间换

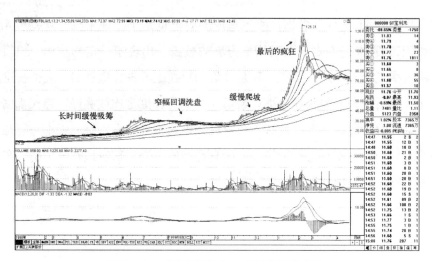

图 8-12　"科技股"亿安科技的炒作之路

手率为 300%。该股股价由每股 8 元涨到每股 9.83 元，涨幅仅为 25%，表现出了较高的换手率。

在初步建仓后，主力资金开始大幅拉抬股价，以迅速脱离成本区，提高整个市场的平均成本。该股在 1999 年 1 月放量突破大箱体后，连续单边上扬，一直涨到 1999 年 6 月的每股 34.78 元，在短短的 5 个月内涨幅达 3 倍。

1999 年 6 月，该股冲高后开始调整，最低至每股 24 元，进行了最后的洗盘。随后股价迅速拉高，到 2000 年 2 月 15 日突破每股 100 元，2 月 17 日创下了每股 126．31 元的最高价。此后，该股主力一路出货，期间没有出现像样的反弹。

从图 8-12 来看，该股走势也是经过漫长的、斜率很小的坡道缓慢上升，期间伴随着长时间的回调。到达临界点之后，该股陡然拉起，并且一飞冲天，最终在狂欢中消散。

面对这样的走势，如果投资者参与了此股，应当在最后的暴涨阶段随时准备出局。即使会少赚一些利润，但相对其他股票来说，收益无疑也要丰厚得多。

　　如果投资者按照本书的理论来操作，发现亿安科技变身为当时最热门的科技股时，完全会加入自选股密切关注，乃至建仓。而在暴涨过程中，面对最后的狂欢，投资者也会留一分清醒，及时套现出局。

　　资本市场从来不缺乏神话，今后必将还有类似的案例发生，只是改头换面变成另一个概念而已。只要吃透了本书的精神，投资者完全可以抓住下一个牛股，并且成功吃上最为肥美的一餐。

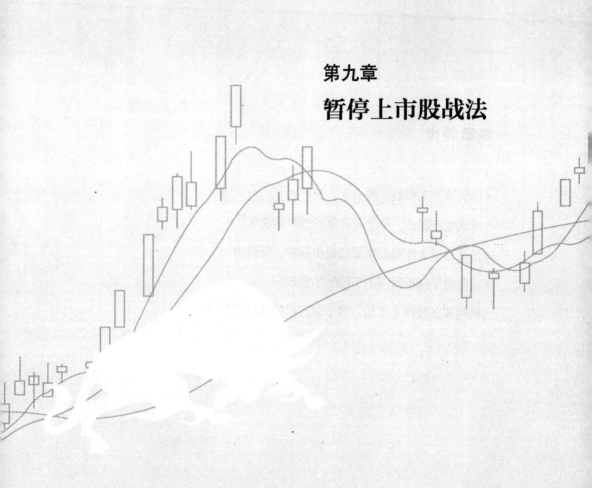

第九章

暂停上市股战法

本章要点

- 埋伏暂停上市股，操心少，获利大
- 埋伏地方国企，搭上政府掌舵的财富快车
- 投资暂停上市股最重要的是小股本、低股价
- 紧盯善于捕捉暂停上市股的知名散户
- 机构买入暂停上市股，等于以自己的信誉作背书

暂停上市股惊人的高回报

本书的主旨在于讲述如何筛选和投资确定性重组股，以追求最大的确定性收益。这种股票的投资机会，往往出现在重组方案披露之后。

然而，作为A股市场的一大特色，还有一种事前性质的投资方式，同样风险不大，又能够获得高额的收益，那就是投资暂停上市股。

如果一家上市公司连续三年亏损，交易所将对该公司实行暂停上市。其只有恢复持续赢利能力后，才能够恢复上市。

埋伏暂停上市股可谓是"傻瓜型投资"，这种方式需要操心的方面少，但往往能够获大利。在传统的市场观念里，暂停上市股被视为垃圾股，有着极差的业绩和极低的价格，人人恨不得敬而远之。然而，**利空出尽是利好，暂停上市股存在着咸鱼翻身的可能。**

而且，暂停上市股还有对于投资者身心而言非常有益的一点。暂停上市之后，股票已经不能交易，不管投资者怎么思考，怎么着急上火，都没有解决的办法，只能安静地等待重组方案揭晓的那一天。而投资一只每天都在交易的股票，投资者难免天天为之揪心，最后的收益反而往往还不如前一种方式。

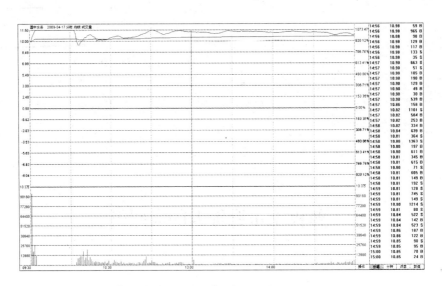

图 9-1　国中水务创造了一日 10 倍的神话

2009 年 4 月 17 日，停牌三年的 ST 黑龙（600187.SH）恢复上市，并更名为国中水务，首日复牌即暴涨 1 004%，创造了一日涨 10 倍的神话。

ST 黑龙原来主要从事新闻纸的生产、销售。由于新闻纸行业竞争加剧、控股股东黑龙集团公司及其关联方长期非经营性占用公司大量资金，使得公司因 2003 年、2004 年、2005 年连续三年亏损，而在 2006 年 5 月 18 日被暂停上市。随后，国中（天津）水务有限公司入驻，为公司注入有关水务资产，力助上市公司转型。

这也就意味着，如果投资者在暂停上市的最后一天买入 ST 黑龙，并在恢复上市首日开盘后即卖出，将获得近 10 倍的回报。而在这三年间想取得这样的业绩，对于绝大部分投资者来说，简直是一个不可能完成的任务。

2011 年 7 月，S*ST 圣方（000620.SZ）别离 A 股市场 5 年之后，以新华联的名称恢复上市，首日暴涨 363.4%。尽管涨幅巨大，但老股东账户上显示的收益率远高于此。因为如果按照暂停上市前最后交易日的收盘价计算，当日涨幅达到了 799%。

　　根据深交所 2011 年最新修订的交易规则，恢复上市股票上市首日，其即时行情显示的前收盘价为其暂停上市前最后交易日的收盘价或恢复上市前最近一次增发价。S*ST圣方停牌前最后一个交易日报收每股 1.17 元。2009 年 11 月，停牌中的S*ST圣方董事会通过议案，拟以每股 2.27 元的价格，增发 12.86 亿股，购买新华联置地 100%的股权，新华联置地作价 29.2 亿元。该股恢复上市首日的开盘价为每股 2.27 元，就是新华联恢复上市前最近一次增发价。如果根据以往惯例，新华联以每股 1.17 元作为前收盘价，该股上周五的涨幅将变为 799%，也就是说，新华联巧用新的交易规则后，恢复上市首日的绝对涨幅由此直接"砍掉"了 400%多。

　　如果认为ST黑龙、S*ST圣方这样一天大涨数倍的股票太过可遇不可求的话，那么一两倍的涨幅，在这种投资方式中，就并不罕见了。

　　停牌两年半后，ST兰光（000981.SZ）于 2011 年 8 月 26 日恢复交易，公司转型为房地产企业，复牌首日狂涨 173.5%。

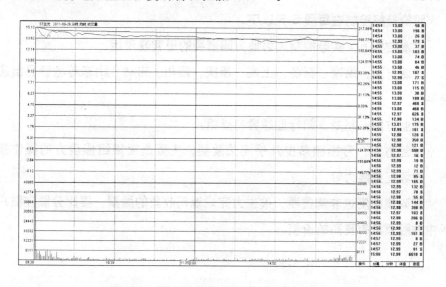

图 9-2　ST兰光恢复交易首日狂涨 173.5%

2009 年 11 月 15 日，深圳兰光经济发展公司（以下简称兰光经发）便和宁波银亿控股有限公司（以下简称银亿控股）签署了股份转让协议，兰光经发将其持有的ST兰光50.37%的股权，计8 110万股，协议转让给银亿控股。同时双方还签署了《非公开发行股份购买资产协议》，兰光经发拟收购银亿控股持有的银亿房产100%的股权，从而转型为一家主营房地产业务的企业。受国家房地产调控政策影响，市场一度猜测此项交易将会夭折，但2011年5月11日，S*ST兰光收到了证监会对其非公开发行股份购买资产方案的批复。

商场上有一条真经：人多的地方不要去，也就是人弃我取的意思。暂停上市股在大多数人眼中，是没有任何价值的垃圾股。正因如此，才没有多少人来抢筹码，投资者才能在低价从容吸货。

投资暂停上市股有以下技巧：

从重组的难易程度来看，流通股本小的相对容易成功，一般在3亿股以内为宜。

股价最好控制在每股5元以下。

股本结构上，实际控制人为地方国资委的更容易重组。

地域方面，海南、新疆、上海、重庆、四川、吉林、山东等地容易出超级牛股。

行业方面，越是夕阳行业越容易重组。

经营方面，亏损额多少几乎无关紧要，主要是靠重组操盘方的操作技巧、资源配置能力等。

筹码集中度也非常重要，被主力完成筹码收集的股票，要比分散在散户手中的股票具有更高的价值。

背靠大树好乘凉

对于一个地方政府来说，多一家上市公司，意味着多一个利税大户，多解决一些就业问题，因此，地方政府无不视上市公司为宝贝疙瘩。但一些上市公司由于自身的资产状况每况愈下，暂停上市实属情非得已。

上市公司的数量是衡量地方政府业绩的一个重要指标。保证壳资源的不退市，是地方政府的底线，这甚至被当做一项政治任务来看待。尤其是国有背景的上市公司，如果暂停上市甚至退市的话，地方政府相关部门很可能被追究国有资产流失的责任，这可不是谁轻易能够担当得起的。

因此，为了挽救公司，地方政府会不遗余力地引进重组方，以期实现浴火重生，各方皆大欢喜。

而对于亏损的民营企业来说，地方政府当然不会像对待国企那样压力那么大，但民企同样是当地的名片，利税、就业岗位的贡献者，所以政府也是能救则救。而且现在除了沿海几个大省以外，其他地方的上市公司数量都不多，政府当然更是珍视有加。

另一方面，一直以来我国上市审核制度为核准制，一家公司从改制、辅导、保荐、审批、发行到上市，不仅要经历一个较长时间的准备过程，还要完成一系列烦琐的工作程序。而且上市资格的最终获得还要受制于产业政策、上市额度与市场需求，因此在上市资源依然相对短缺的背景下，借壳上市便受到了一些难获上市机会的公司的青睐，壳资源成为这些公司猎取的对象。因此，每当某地传出上市公司亏损，想要重组的信息时，中介机构一定马上就熙来攘往，不绝于途。

这也是为什么A股市场暂停上市的股票屡见不鲜，但每一只最后都是"乌鸦变凤凰"，而真正退市的公司反而很少的原因。

2006年年底，"河北担保圈"黑洞爆发，河北宣工（000923.SZ）对外担保金额11 126.4万元，其中为*ST宝硕担保金额6 726.4万元，为*ST沧化担保金额4 400万元。由于被担保的公司资金出现问题，河北宣工也一损俱损。

在这样的情况下，河北国资背景的公司河北省国控担保集团有限公司（以下简称河北国控）决定出手。在河北省政府、国资委、金融办、证监局等部门的推动下，河北国控调整思路，决定对涉案公司进行破产重整，其中负担最小的河北宣工便成为首先被救赎的目标。

2007年大年初四，河北国控就在河北国资委开会讨论，确定框架，如怎么拿下河北宣工、代价多大、做到什么程度等。2007年4月27日，河北国控承诺，若河北宣工因为*ST宝硕、*ST沧化担保所造成的损失实际发生，河北国控将承担因此产生的实际损失，如今后河北宣工向*ST宝硕、*ST沧化行使追偿权，回收的资产则归河北国控所有。

到2010年，河北国控又将所持河北宣工大股东河北宣工机械发展有限责任公司（以下简称宣工发展）100%的国有股权，委托河北钢铁集团有限公司持有。目的是为借助河北钢铁集团有限公司整体资源优势，充分发挥河北钢铁集团有限公司在管理和市场等方面的优势，从而更好地利用工程机械制造行业与钢铁行业高度关联的特点，做大做强宣工发展，加快河北省装备制造业发展。

与河北宣工同病相怜，长期亏损的ST秦岭（600217.SH）以前同样是一只"高危"股票。2009年8月，公司停牌进行破产重整，停牌期间，公司存在被暂停上市或终止上市的风险。

根据铜川市中级人民法院的《指定管理人决定书》，法院指定了公司清算组担任公司重整的管理人。这一清算组可谓"阵容强大"：铜川市常务副市长亲任组长，副组长为铜川市副市长尚洪泽、铜川市国资委主任郭宝仓、北京中和应泰财务顾问有限公司的杨光华。此外，铜川市中共中央组织部、监察局、国资委、发展和改革委员会、重工行业管理办公室、经委、相关各局级领导以及相关专业人士分任清算组成员。

在政府力挺之下，冀东水泥成为了公司的控股股东，将其近两年在陕西布局的水泥资产整合注入*ST秦岭，最终完成其立足陕西、进军西北的战略收关工作。

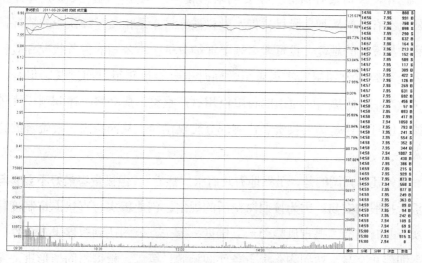

图9-3 象屿股份复牌涨幅翻番

与上述两家公司都是当地政府操刀不同，*ST夏新（600057.SH，现已更名为象屿股份）原控股股东为夏新电子股份有限公司，原实际控制人为中国电子信息产业集团有限公司，属于央企范畴，不受地方政府直接管理，但这并不妨碍该公司重生的命运。

由于 2006 年度、2007 年度、2008 年度连续三年亏损，*ST夏新自 2009 年 5 月 27 日起实行暂停上市。但在各方的努力下，*ST夏新通过向特定对象厦门象屿集团和象屿建设发行股份，以购买象屿股份 100%股权（其中象屿集团持股 96.18%，象屿建设持股 3.82%）。象屿股份主要业务是为制造业企业提供大宗商品采购供应、仓储运输、进口清关、供应链信息、融资结算等全方位的综合管理服务，*ST夏新至此正式进入物流行业。恢复上市首日，该股涨幅将近 1 倍。

从以上的案例可以看出，对于国资背景的上市公司，一旦发生任何问题，政府是异常重视并且倾力挽救的。**这也让那些希望参与重组股的投资者吃了一颗定心丸，搭上由政府亲自掌舵的财富快车。**

此外，公司最好债务关系要明晰，股本结构要明确。大多数暂停上市的公司都有资产质押、股权质押、股权被冻结或是担负巨额债务的情况，这必然增加重组的难度。投资者必须要详细分析上市公司的债务状况和股权结构，越复杂的公司越难实现重组，同时也会导致重组时间过长。但是，随着《破产法》的施行，重组时可以沿用破产重整，成功将上述问题一揽子解决掉。但可能还是需要投资者让渡部分股权偿债，从而抬高了投资者的持股成本。

另外还要强调的是，虽然地方政府很"热心"，**但投资者最好不要参与创业板亏损股的交易。**因为按照深交所的规定，创业板实行直接退市制度，不再实行长时间的"退市风险警示"制度。第一，公司达到暂停上市条件，其股票即停止交易；达到终止上市条件即摘牌。第二，根据不同情形进一步缩短退市时间，保证问题公司和绩差公司尽快退出市场，使创业板真正实现存优汰劣，健康发展。第三，不允许暂停上市公司利用资产重组方式恢复上市。

小股本低股价

一般而言，对于国资背景的亏损公司，其重组的确定性要大于民企背景的公司。但正如上节所讲，由于A股市场壳资源的稀缺性，实际上任何一家亏损公司都是"香饽饽"，所以，如果要投资暂停上市股的话，背景问题只是一个考量因素，并非最重要的因素。

那么，投资暂停上市股的决定性因素是什么呢？

答案是：小股本、低股价。

投资暂停上市股，就是赌公司重组后"乌鸦变凤凰"，那么选择即将暂停上市的公司必须有吸引重组方的条件。只有优秀的重组方借壳，投资者才能利益均沾。

由于在重组过程中，必然涉及向重组方增发股份购买资产，对于小股本的上市公司，重组方无须耗费太多资产，就能够取得较多的股权。

以*ST远东（000681.SZ）为例，其总股本仅1.99亿股，流通盘达到1.62亿股，即使重组中定向增发2亿股，占股比例也很容易达到50%。但如果总股本是4亿股的ST公司重组，要达到持股比例50%就需要增发4亿，重组的成本也就翻了1倍。所以，股本小的公司最受重组方青睐。

如果壳资源的股本太大，重组方不仅要花大价钱才能盘下，关键是重组时很可能要进行缩股，这对于投资者的利益损害是非常直接的。例如，已经暂停上市的S*ST北亚（600705.SH）原来的总股本是9.797亿股，后来披露的重组方案是将流通股东原来的每10股缩成3.58股，结果遭到中小股民到法院集体维权。如果是对壳资源有研究的投资者，就不会参与这样的股票。

与小股本如影随形的，是较低的股价。

如果一个重组方资产的评估值是12亿元，在公司的股价是每股6元的情况下，重组方只能获得2亿股，但如果公司股价跌到每股3元，重组方就能获得4亿股。重组方的任何条件都没有发生改变，获得的股份却是前一种方式的1倍，因此他们当然更喜欢低股价的公司。

还一个重要原因是，A股市场一直有"恐高症"，投资者更喜欢炒作低价的股票。因此，重组股如果股价低，日后的上涨动力也更强。纵观近年来恢复上市后暴涨的股票，无一不与低股价有关。如果暂停上市之前的股价过高，那么重组后股价上升的空间就非常有限，赚钱效应也就不那么强。

如之前所述股价一日暴涨10倍的ST黑龙，停牌前的股价就只有每股0.98元。即使上涨了10倍，首日的收盘价也只有每股10.85元，在整个市场丝毫不起眼。

另一个比ST黑龙有过之而无不及的顺发恒业（000631.SZ），恢复上市当天，以每股6.84元开盘，涨幅超过了900%。而这还未抑制住其飙涨的激情，开盘后不到一分钟时间，顺发恒业就直线飙升至每股14.88元，涨幅达到了1 857.9%。最终，顺发恒业收于每股10.30元，涨幅为1 255.26%。全天来看，顺发恒业就只成交了4笔，开盘集合竞价一笔，开盘后一笔，尾盘集合竞价时两笔。全天换手率为6.61%。

究其原因，该股停牌前股价只有每股0.76元。虽然涨幅这么大，但收盘价也只有每股10.30元，同比一些地产公司，价格并不算高。

然而，随着投资者对于暂停上市股的投资价值日益了解，不少人纷纷涌入这个细分领域，从而使得股价难以跌到低位。另外，近年来虽然大盘行情

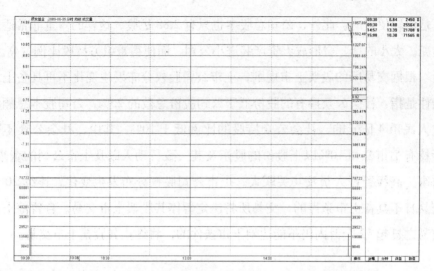

图 9-4　顺发恒业最高涨幅达 1 857.9%，全天只成交 4 笔

并不景气，但比起 2001~2004 年的大熊市还是好得多，市场已经基本看不到
1 元以下的股票，致使重组股的超额收益在收窄。但总的来看，投资重组股
还是比投资其他的股票收益要好很多。

从 2011 年 4 月 28 日起，*ST金城（000820.SZ）由于连续三年亏损而
暂停上市。但是，从 2001 年年初以来，*ST金城从最低价每股 4.43 元一路
上涨至最高价每股 6.28 元，涨幅高达 42%。与此同时，当年一季度，该股
的换手率也高达 163%，这意味着大量新资金介入。这种强势涨幅和换手的
背后，是市场对于*ST金城重组成功的强烈信心。

值得注意的是，*ST金城大股东锦州鑫天纸业有限公司 2011 年还在大
力减持股份，持股总量已从初始的 29.76% 下降至 15.04%。这种大力套现，
可能是需要兑现资金，但也可能是为了将筹码转移给利益关联方。其次，只
有将持股比例降低，未来将股权转让给重组方并进行增发股份后，重组方的
持股比例才不至于超限。

从股价和股本的情况来看，*ST金城停牌前股价为每股 6.16 元，虽然与
以往每股 1 元的股票相比价格是高了，但在当时整个二级市场的环境下，还

算是比较便宜的。此外，公司总股本也只有 2.88 亿股，这样的体量非常适合借壳。太小的话，会形成大资产装进小公司，而使得重组方持股比例过高。

根据交易所的股票上市规则，上市公司股权分布发生变化不再具备上市条件是指：社会公众持有的股份低于公司股份总数的 25%；公司股本总额超过人民币 4 亿元的，社会公众持股的比例低于 10%。其中，社会公众不包括持有上市公司 10% 以上股份的股东及其一致行动人以及上市公司的董事、监事、高级管理人员及其关联人。上市公司股权分布发生变化，连续 20 个交易日不具备上市条件的，交易所将决定暂停其股票上市交易。自暂停上市交易之日起 12 个月内仍不能达到上市条件的，将终止其股票上市交易。

大户是指路明灯

如果投资者在市场上所待的时间不长，还没有独立筛选标的的能力，或是有了心仪的目标，但希望得到多方面验证，还有一种比较简易好用的方法，那就是紧盯一些善于捕捉暂停上市股的知名散户。

每年股票暂停上市的时间都是公司披露了年报之后。根据规定，年报披露的截止日期是次年的 4 月 30 日。而暂停上市股往往都是问题多多，所以披露年报也最缓慢，一般都要到 3、4 月份才姗姗来迟。

投资者只要密切注意公告，就无须担心错过好的暂停上市标的。因为在暂停上市之前，上市公司都会频繁发布公告提示。

例如，*ST金城就发布《关于股票停牌及暂停上市风险提示公告》：

公司 2008 年、2009 年和 2010 年连续三年亏损，公司股票（证券代码：000820，证券简称：*ST金城）将被暂停上市。现就公司股票暂停上市风险提示如下：

一、2011 年 4 月 20 日，公司第六届董事会第八次会议审议通过了《2010 年年度报告》，2010 年公司亏损 7.1 亿元，上海上会会计师事务所为公司出具了上会师报字（2011）第 0988 号保留意见的审计报告。

二、根据《深圳证券交易所股票上市规则》的有关规定，公司股票将于 2011 年 4 月 22 日披露 2010 年年度报告之日起停牌，深圳证券交易所在停牌后 15 个交易日内作出是否暂停公司股票上市的决定。待深圳证券交易所作出暂停公司股票上市的决定后，公司股票将被暂停上市。提醒广大投资者注意投资风险。

4 月 22 日，*ST 金城披露了 2010 年年度报告，并从即日起停牌，将直到重组完成后才能复牌。同样连续亏损的 *ST 关铝（000831.SZ）则是自 2011 年 3 月 24 日起暂停上市。

翻阅 *ST 关铝 2011 年一季报可以发现，黄木秀持有 2 837 万股，黄俊虎持有 427 万股。对于这两个人，投资者应该不陌生。

黄木秀曾经参与炒作的重组股包括 *ST 罗顿、*ST 德棉、*ST 金城、ST 琼花。其在 2010 年一季度时因与儿子黄俊虎等一致行动人持股 ST 琼花超过 5% 举牌而名声大噪，不过最终因房地产重组融资受限，被迫逐步退出。

2010 年半年报，黄木秀的名字首次出现在 *ST 关铝的十大流通股股东名单中，当时他仅持有 480.48 万股，到三季报加仓至 1 458 万股，2010 年年报中其持股量更是到了 2 805 万股。不仅如此，他的儿子黄俊虎也前来助阵，以 427 万持股量位列第 9 大流通股东。

如果看到这样的股东与自己共进退，想必投资者在买入 *ST 关铝的时候，底气要足很多。

在做暂停上市股方面，知名度最大的当属吴旗。买入 S*ST 九化是他在 A 股市场第一次亮相。2005 年年报中，吴旗以 68 万股的持股数跻身该股第二大流通股股东；2006 年一季度又加仓到 92.28 万股。当年 4 月末 S*ST 九化暂停上市，同年 8 月仁和集团成为控股股东启动重组；2007 年 3 月 29 日恢复上市，变身为仁和药业。以复权价粗略计算，吴旗在 S*ST 九化上大约赚得 1 556 万元。

2007 年 5 月 25 日，S*ST 天颐（600703.SH）暂停上市。吴旗从 S*ST 天颐连续三年亏损时就重仓买入，他以惊人的毅力，在该股暂停上市前没卖，重组成功变身三安光电后股价暴涨两倍也没卖，成为 LED 龙头股价再涨 10 倍仍然没卖，直到股价复权近每股 200 元时才全部出手。

善于通过法人股拍卖的吴鸣霄，也是一个投资暂停上市股的名人。根据 2010 年第一季度报，吴鸣霄共持有 9 家公司的近 6 000 万股股权，可流通市值超过 2.86 亿元，其中包括 ST 昌鱼、*ST 筑信、*ST 中房、*ST 北生、*ST 夏新、*ST 厦华、*ST 东海、*ST 金杯等股票。

以 *ST 北生（600556.SH）为例，该股的总股本为 3.9 亿股，流通股为 2.4 亿股，是一家中型的公司。暂停上市前的收盘价是每股 4.15 元，相对比较低。这样的壳资源，比较容易被重组方看中。再加上吴鸣霄的眼光，该股顺利重组应该是大概率事件，投资者完全可以放心地将部分资金埋伏在该股上。

吴彩银是不亚于吴鸣霄的股市牛人，被一般投资者视为股市高危地带的亏损股板块，也是她掘金的地方。2007 年 3 月，吴彩银在 ST 仁和中赚取了超过 12 倍的收益，获利超 2 700 万元。2007 年 *ST 九发突然爆出巨额亏损、大股东占款等事件，2008 年 10 月公司进入破产重组程序并停牌。

吴彩银在 2008 年三季度末潜伏在 *ST 九发，至 2009 年一季度，共持有 *ST 九发 200.82 万股，为第 5 大流通股股东。2009 年 4 月，*ST 九发发布公告称，正与山东南山建设策划涉及公司重大资产重组事项，复牌后，开始了每天无量封涨停的走势，吴彩银获利巨大。

暂停上市股"不死鸟"的命运轮回，引发了不少精明的投资者对于这类"乌鸦变凤凰"股票的投机狂潮，除了以上所说的吴旗、吴鸣霄、黄木秀以外，张寿清、吴彩银、应尤佳、徐锐、谭正标等人也是其中的代表人物。投资者密切关注公司公告和一些新闻，往往会有令人惊喜的收获。

总体来说，暂停上市股通常是个人投资者的投机乐园，讲究"价值投资"的机构，由于投资理念以及各项规章制度的限制，往往在这方面很少涉足，但也有特例。

华夏基金管理公司的副总经理王亚伟被称为"最牛基金经理"，他亲自执掌有华夏大盘精选基金和华夏策略混合基金两只基金产品，以善于捕捉重组股著称。他曾公开表示，**重组是中国市场特有的现象，对于这样的机遇视而不见，是对投资者不负责任。**

王亚伟曾透露自己的心得说，自己投资重组股从来不靠内幕消息，只依靠三点：公开信息、合理推测、组合投资。很多股票重组的公开信息其实已经足够多了，如果公开信息不够充分，那就加上合理的推测，通过换位思考，很多疑问都将迎刃而解。但是，即使仔细研究公开信息，也作了合理推测，投资重组股的成功概率可能也只有60%，这种时候，则可以通过组合投资来降低风险。

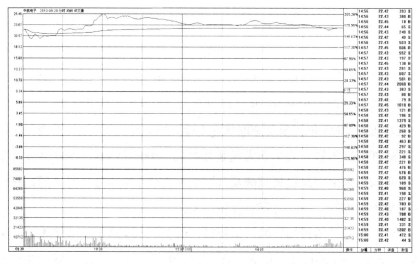

图9-5　中航电子再度成就了王亚伟的神话

王亚伟投资过很多重组的股票，但应该引起投资者特别重视的是暂停上市股ST昌河（600372.SH，现已更名为中航电子）。2009年伊始，ST昌河暂停上市的命运已基本确定，王亚伟管理的华夏大盘精选和华夏策略精选开始大举购入。截至公司股票暂停上市之时，两只基金共持有ST昌河股份901.15万股，分列公司的第二、三大股东。

但停牌仅一个月后，ST昌河的资产置换项目获证监会核准，公司通过资产置换及定向增发取得了中航工业拥有的上海航空电器和兰州万里航空机电各100%的股权。自此，传统的汽车制造逐渐淡出ST昌河的业务范畴，而航空机载照明及控制系统产品制造渐成公司主业。

2010年9月20日，ST昌河恢复上市，复牌首日便暴涨168.82%，再度成就了王亚伟的神话。

投资者应当注意的是，机构买到重组股时常有之，但主动投资暂停上市股却非常罕见。因为这种股票理论上还存在退市的风险，一旦退市，所有资金就会归零，因此，没有十足的把握，机构是不敢以身涉险的。

出现机构入手暂停上市股这样的情况，等于是机构以自己的眼光和信誉为该股作出了背书，因此投资者完全可以放心地介入。

但有必要提醒投资者的是，投资暂停上市股，最好不要全部资金都买进去。因为股票停牌后，什么时候复牌完全未知，如果投资者急需用钱，是没有办法取出来的。

此外，近些年来暂停上市股还没有退市的案例，但这并不意味着以后就不会出现。所以投资暂停上市股时，也不要全部资金都买入同一只股票，而应当分散投资布局多只。只要有一两只顺利重组，所获得的收益也会远超成本。

《庄家之死》

陈斯文　著

中信出版社

2011 年 12 月第 1 版

定价：38.00 元

ISBN：978–7–5086–3068–7

这是一本为亿万股民写就的"案例参考书"

财经作家吴晓波倾情作序推荐——告别"恶之花"

揭秘庄家坐庄技法，真实还原庄家的兴盛与衰败

破解股市幕后玄机，讲述最隐秘的股市风云史

《股爷天下：中国证券市场 30 年记》

王安　著

中信出版社

2011 年 8 月第 1 版

定价：68.00 元

ISBN：978-7-5086-2896-7

"中国大陆财经评论第一健笔"王安 10 年后再启笔

再现中国证券市场风雨历史